国家出版基金项目

大家读大家

主编 丁帆 陈众议

现代文学路上的迷途羔羊

王中忱 著

作家出版社

图书在版编目(CIP)数据

现代文学路上的迷途羔羊 / 王中忱著；丁帆，陈众
议主编 . —北京：作家出版社，2020.4
（大家读大家丛书）
ISBN 978 - 7 - 5212 - 0723 - 1

Ⅰ.①现… Ⅱ.①王… ②丁… ③陈… Ⅲ.①日本文
学-现代文学-文学研究 Ⅳ.①I313.065

中国版本图书馆 CIP 数据核字(2019)第 208605 号

本书受"南京大学人文社科资助项目"资助。

现代文学路上的迷途羔羊

主　　编：丁　帆　陈众议
作　　者：王中忱
责任编辑：丁文梅
出 品 人：刘　力
策　　划：江苏明哲文化发展有限公司
特约编辑：倪　亮　叶　觅　张士超
出版发行：作家出版社有限公司
社　　址：北京农展馆南里 10 号　　邮　　编：100125
电话传真：86 - 10 - 65067186(发行中心及邮购部)
　　　　　86 - 10 - 65004079(总编室)
E - mail：zuojia@zuojia.net.cn
http://www.zuojiachubanshe.com
印　　刷：河北鹏润印刷有限公司
成品尺寸：145×210
字　　数：166 千
印　　张：8.75
版　　次：2020 年 4 月第 1 版
印　　次：2020 年 4 月第 1 次印刷
ISBN 978 - 7 - 5212 - 0723 - 1
定　　价：43.00 元

大家来读书

　　世界文学之流浩荡，而我们却只能取其一瓢一勺。即便如此，攫取主流还是支流？浪花还是深水？用瓢还是用勺？诸如此类，又不是三言两语可以说得清道得明的。

　　本丛书由丁帆和王尧两位朋友发起，邀约了外国文学文化研究的十位代表性学者。这些学者对各自关心的经典作家作品进行富有个性的释读，以期为同行和读者提供可资参考的视角和方法、立场和观点。本人有幸忝列其中，自然感慨良多，在此不妨从实招来，择要交代一二。

　　首先，语言文学原本是人文的基础，犹如数理之于工科理科；然而，近二三十年来，文学的地位一落千丈。这固然有历史的原因，譬如资本的作用、市场的因素、微信的普及、人心的躁动，等等。曾经作为触角替思想解放、改革开放（在国外何尝不是这样？）探路的文学，其激荡的思想、碰撞的火花在时代洪流中逐渐暗淡，褪却了敏感和锐利，以至于"返老还童"为"稗官野史""街谈巷议"，甚或哼哼唧唧和面壁虚设。伟大的文学似乎正在离我们远去。当然,这不能怪世道人心。文学本就是世道人心最重要的组成部分和表现方式;而且"人心很古",这是鲁迅先生诸多重要判断中的一个,我认为非常精辟。再则,在任何时代,伟大的文学都是凤毛麟角。无论是文艺复兴运动时期或 19 世纪的西方,还是我国的唐宋元明清,大多数文学作品都会被历史的尘埃所湮没,唯有极少数得以幸免。而幸免于难的原因要归功于学院派(哪怕是广义学院派)的发现和守护,以便完成和持续其经典化过程。然而,随着大众媒体的衍生,尤其是多媒体时代的来临,学院派越来越无能为力。我这里之所以要强调语言文学,就是因为它正在被资本,甚至图像化和快餐化引向歧途。

其次,学术界的立场似乎也已悄然裂变。不少同仁开始有意无意地抛弃文学这个偏正结构的"大学之道",既不明明德,也不亲民,更不用说止于至善。一定程度上,乃至很大范围内,批评成了毫无标准的自说自话、哗众取宠、谩骂撒泼。于是,伟大的传统——马克思主义被轻易忽略。曾几何时,马克思用他的伟大发现揭示了人类社会发展的基本规律,但是他老人家并不因为资本主义是其中的必然环节而放弃对它的批判。这就是立场。立场使然,马克思早在资本完成国家垄断和国际垄断之前,就已为大多数人而对它口诛笔伐。这正是马克思褒奖巴尔扎克和狄更斯等批判现实主义作家的重要因由。同时,从方法论的角度,恩格斯对欧洲工人作家展开了善意的批评,认为巴尔扎克式现实主义的胜利多少蕴涵着对世俗、时流的明确悖反。尽管巴尔扎克的立场是保守的,但恩格斯却从方法论的角度使他成了无产阶级的"同谋"。这便是文学的奇妙。方法有时也可以"改变"立场。这时,方法也便获得了一定的独立性。在致哈克奈斯的信中,恩格斯说:"我决不是责备您没有写出一部直截了当的社会主义的小说,一部像我们德国人所说的'倾向小说',来鼓吹作者的社会观点和政治观点。我的意思决不是这样。作者的见解愈隐蔽,对艺术作品来说就愈好。我所指的现实主义甚至可以违背作者的见解而表露出来。让我举一个例子。巴尔扎克,我认为他是比过去、现在和未来的一切左拉都要伟大得多的现实主义大师。"由是,恩格斯借马克思的"莎士比亚化"和"席勒式"之说来提醒工人作家。

再次,目前盛行的学术评价体系正欲使文学批评家成为"文本"至上的"纯粹"工匠。量化和所谓的核刊以某种标准化生产机制为导向,将批评引向千篇一律、千人一面的劳作。于是,一本正经的钻牛角尖和煞有介事的言不由衷,或者模块写作、理论套用,为做文章而做文章的现象充斥学苑。批评和创作分道扬镳,其中的作用和反作用形成恶性循环。尤其是在网络领域,批评的缺位使创作主体益发信马由缰、肆无忌惮。

说到这里,我想一个更大的恶性循环正在或已然出现,它便是读者的疏虞。文学本身的问题使读者渐行渐远。面对商家的吆喝,读者早已无所适从。于是,浅阅读盛行、微阅读成瘾。经典的边际被空前地模糊。我们这个发明了书的民族,终于使阅读成了一个问题。呜呼哀哉!这对谁有利呢?也许还是资本。

　　以上固然只是当今纷繁文学的一个面向，而且是本人的一孔之见，不能涵盖文学的复杂性；但文学作为资本附庸的狰狞面相已经凸现，我们不能闭目塞听，更不能自欺欺人。伟大的作家孤寥寂寞。快快向他们靠拢吧！从这里出发，从现在开始……

　　是为序。

陈众议

2018 年 7 月 25 日于北京

目　录

大家来读书　陈众议/ 1

Ⅰ　小引

　　——艺术追随帝国，抑或帝国追随艺术？/ 1

　　后发型新"帝国"及其言说的特征/ 3

　　帝国与艺术：殖民历史与多样的现代主义/ 10

Ⅱ　弃文

　　——"言文一致"体小说开创者二叶亭四迷的越境中国

　　　之旅/ 19

　　埋骨中国：二叶亭的人生夙愿/ 21

　　在"满蒙"铺设国民抵抗线：二叶亭的国际政治构想/ 25

　　从哈尔滨到北京：二叶亭在中国的足迹/ 34

　　关于二叶亭放浪中国的叙述及其意义的再生产/ 39

Ⅲ　思乡之歌与"到民间去"的回响

　　——走读于石川啄木的故乡／47

　　盛冈小城：啄木诗里的故乡／49

　　天鹅声声入梦：日本的别一种景观／52

　　远方天空那绚丽的云彩／55

　　三行短歌的节奏与望月教授的读法／61

　　乡愁诗的解体／67

　　文化消费的超越／72

　　向闭塞的时代宣战／76

　　到民间去，到民间去……／85

Ⅳ　语言·经验·多义的"现代主义"

　　——论北川冬彦的前期诗作／91

　　"现代主义"的再定义与北川冬彦的意义／93

　　开放与闭锁：非均质的殖民地空间／99

　　作为"帝国"隐喻的军港、铁路和身体／105

　　小　结／112

Ⅴ　遍体鳞伤的经验与血肉丰满的思想

　　——中野重治创作的抒情性与政治性／115

　　重审社会主义思潮与普罗文学的谱系／117

告别感伤的抒情/ 120

重建主体的经验与政治抒情诗/ 128

"再转向"与远离"文艺复兴运动"/ 137

余　语/ 144

Ⅵ　自我与他者的再确认
　　——堀田善卫的早期写作与鲁迅的路标意义/ 149

日本的鲁迅阅读史与中国新文学"走向世界"/ 151

堀田善卫：在由欧入亚的时刻与鲁迅相遇/ 155

堀田的早期文学评论与鲁迅的潜在影响/ 161

"上海物语"与鲁迅形象的意义/ 168

鲁迅的启示：与异民族交涉的彻底性/ 175

Ⅶ　存在的焦虑、人文主义传统重建与"新人"的想象
　　——大江健三郎前期创作论/ 181

"峡谷村庄"：多义的空间/ 183

跨越精神危机的青春纪念碑/ 189

"另外一部《个人的体验》"/ 196

人文主义传统的重建/ 202

Ⅷ 在"介入文学"的谱系上
——初论加藤周一的文化批评／209

作为当代日本文学史事件的"九条会"／211

加藤周一：战争体验与知识分子的伦理责任／219

在语言与装甲车之间的思考／225

加藤的评论文体：以《四月的梦》为例／228

Ⅸ 日本文学中译百年的历史掠影／237

两次翻译热潮与"脱脉挪用"式解读／239

另类接受与共时思考／244

Ⅹ 小结
——远近之间：3·11后日本文学的再出发／249

来自现场的声音／251

核时代的想象力／254

远而近：文明史的质疑／259

后 记／261

I　小引

——艺术追随帝国,抑或帝国追随艺术?

后发型新"帝国"及其言说的特征

本书所收文章,选自笔者已发表的有关日本文学的论文、札记或随笔,所涉及的时间范围从 20 世纪初至 21 世纪初,大体相当于中文学界所说的近现代和当代。

同属于汉字圈的日本也使用"近代""现代"这样区分历史时段的概念,但日文脉络里的"近代"移译到中文应该怎样表记,一直是令人困扰的问题。在实际翻译中,原样挪用者有之,加以改换者亦不少见。如中国媒体上频繁出现的"现代化",移译至日文多会变为"近代化",而日文中的"近代"移译至中文则常被写为"现代",与本书内容相关且比较切近的例子是柄谷行人的《日本现代文学的起源》,如所周知,此书中文版题目里的"现代"在日文原文里实写作"近代"(《日本近代文学の起源》),如此改换,应该是译者的有意而为。

但以中文的"现代"置换日本的"近代"是否就恰当妥帖?已经有研究者讨论过,尽管同属于汉字圈,尽管字形完全相同,中文和日文里的"近代"含义却很不同。这不仅因为作为历史分期的概念,中日文里的"近代"各自指涉的时段不能完全重合,更因为中国和日本的"近代"经验和认识存在巨大差异。伊藤虎丸在其论文《亚洲的"近代"与"现代"——关于中国近现代文学史的分期问题》中援引竹内好《现代中国论》有关"东方的近代是西欧强制的结果"的观点,分析"以中国为首的亚洲各国"的"被近代化"经验以及由对抗"西欧强制"而产生的"主体性态度",批评日本自外于亚洲,毫无抵抗地"把自己置于西欧的立场"的"近代"观,实际上是文化主体性缺失的表现。伊藤指出,正是基于这样的近代观,在日本会较多从"肯定的意义"上理解"近代",并"认为'近代'与'现代'是连续的,较少有人意识到或主张将其做明确的区分"。在此意义上可以说,把日文的"近代"原样挪到中文,固然会在抹去翻译痕迹的同时遮蔽中日"近代"经验和认识的差异;但用"现代"置换"近代",则也难免淡化日文里"近代"与"现代"之间的连续性意涵。

需要注意的是,上引竹内好和伊藤虎丸的中日"近代"比较论,是从二战以后反省日本近代历史的视点,分别针对冷战及后冷战的时代状况而发的;并且,和所有的宏观比较论一样,为了论述的方便,他们都把讨论对象做了简约化甚至本质化的概括。如果我们把关注点从比较论收拢回来,聚焦于日本近现代历史的研究,或者说放在一个更为广阔的全球史背景上,则不难看到,何谓"近代"这一问题即使在日文脉络里也众说纷纭。所谓"近代",自然首先是从时间的维度,在表现和此前时期/时代之区别的意义上确立的,而在有关日本历史的叙述中,"近代"起自"明治维新",可谓一个共识,但"明治维新"的起讫时间应该怎样确认,研究者间的看法也颇有歧异。

成田龙一考察二战以后日本学术界就"明治维新的起点"问题提出的各种观点,首先提起了远山茂树,他说:远山"作为马克思主义者,从底部结构(经济)决定历史的立场出发,首先把幕府末期的经济视为工场手工业的阶段,在此基础上看到各雄藩'向绝对主义倾斜'的趋向,认为天保时期推进改革的主体成为了明治维新的政治主体。总之,是在把幕府对应着封建制之新阶段而推进的政治、经济改革——亦即失败了的天保改革和雄藩的成功改革进行对比之中,对明治维新进行阐释的"。成田认为,远山实际是把"欧洲近代的诞生——从封建制解体到近代诸关系和制度的生成之过程,和明治维新叠合了起来,期望由此找寻到近代日本的出发点。其认识的前提是:相对于江户幕府=近世封建制,明治政府=近代的中央集权制和资本制"。因此,远山及赞同远山观点的学者大都把"明治维新的起点放置在天保时期(19世纪30年代至19世纪40年代前半期)"。同时,成田龙一还举出芝原拓自作为另一种观点的代表,认为芝原率先提出"世界史中的明治维新"问题,把关注重点转移到"世界资本主义"的历史条件下的东亚危机与变革,自然就把佩里来航(开国)看作了明治维新亦即"近代"的起点。概言之,这两种观点或可概括为"内发型近代论"和"外来冲击型近代论",尽管两者都有自己的论述依据,但由他们的分歧恰恰可以看到,如何确定明治维新的起点,其实涉及如何解释日本"近代"的历史,不同观点牵连着不同的解释前提和观察框架,并不是一个不言自明的史实。

关于明治维新的终结时间也同样如此,据中村正则考察,关于这一问题"本来亦无定说",大约至 20 世纪 60 年代以后,"则以 1890 年前后的明治宪法体制、日清战争(即中日甲午战争——引用者注)为明治维新的终结期的观点出现"。中村认为:"这些认识虽然和明治同时代人把西南战争和维新三杰(西乡隆盛、木户孝允、大久保利通)之死视为明治维新终结的认识有很大差异,但从明治维新所设定的课题来看,其目标并没有停留在民族独立和国家统一,而是包含着国民国家的建立和经济的对外自立,这些课题的基本解决,确实是在日清战争和产业革命达成的时期。"

中村本人是赞成 20 世纪 60 年代后渐成通说的观点的,他们都把明治维新看作了一个充满了多种可能性的动态历史过程,认为到中日甲午战争,"明治国家"的格局和路向基本确立,也意味着这一过程的结束。中村等人注意到,"明治国家"既具备近代民族/国民国家的品格,也带有帝国主义的性质,在这样的意义上,他们把甲午战争设定为一个历史时段结束的标识,应该说表现出了一种洞见。但在此基础上显然还应进一步讨论,在全球史的视域里,明治日本所确立的国民主义的帝国主义国家是否具有自己的特性?其特性具体表现为怎样的形态?

一般说来,帝国主义行为主要表现为某一国家在本国领域之外推行的军事扩张和政治、经济、文化的统治或控制。这当然是可追溯到古代的历史现象。但在欧洲,由于经历了一个传统帝国因众多拥有主权的民族/国民国家的兴起而解体的过程,"帝国"与"国家"的概念也便常常被放置在前近代和近代的对应关系上理解和使用,而在近代民族国家基体之上崛起的欧美列强,伴随着资本主义运动在全球范围内的扩张,则又明显表现为重返帝国的冲动,且在扩张动力、扩张规模与扩张方式的多样化方面,都远远超过传统帝国。据相关研究:"帝国主义"是在"19世纪中叶之后才形成的词",在"英文中的 imperialism 与具有现代意涵的 imperialist 在 1870 年后才大量使用"(雷蒙·威廉斯:《关键词:文化与社会的词汇》);而值得注意的是,"正是从这时期起,欧美列强开始对亚洲、非洲、拉丁美洲全面推行了殖民地统治"(中村正则:《明治维新与战后改革——近现代史论》)。爱德华·萨义德曾引证相关文献指出:"在1800 年,西方的势力声称占有全球百分之五十五,但是实际上是占有大约百分之三十五的土地面积,然而到了 1878 年,此一比例已增至百分之六十七,每年以八万三千平方英里的速度增加。"在此意义上,可以说"帝国主义"这一概念的出现,正是对近代民族/国民国家型的帝国之特征恰逢其时的表述。

如果说,19 世纪 70 年代已经进入全球帝国主义的时代,那么,日本处于怎样的位置? 在此也许有必要了解置身于历史现场的人物的感受和看法,这不仅因为其与历史现场切近,还因为历史事件本来也包括对事件的言说。前面引述的以甲午战争为明治国家走向帝国主义标志的观点,都属于后世学者之见,而作为当时的日本首相直接参与战争筹划、推动并主导了战后处理的伊藤博文,在战后发表题为《列国的国土侵略主义与日清战争的意义》的演讲,则是历史当事人自我言说的一个代表性文本。伊藤说:

> 剑桥大学历史学科教授 Seeley(注:John Robert Seeley,一译西利)曾言:19 世纪是国民竞争的时代。余则欲更进一步,为由其所说列国国民竞争而产生的政治上之主义下一新名称,曰:领土开拓主义的竞争时代。挟强国之威,乘弱国之弊,掠地拓疆,虽有人说此乃因人口过剩、生产不足等社会病根而生,实则不过是以美名装饰其表而已。
>
> 欧美强国,如今正如虎狼争肉,侵吞剩余的土地,但日本的对清国之战,却非为缩小其疆土,而为促使其警醒,一战惊破清国之迷梦,仅为得东洋事由东洋人处理之便而已。而战争之结果,偶然促成的事实,却与列国于 19 世纪所造成的大势所践履的主义若合符节:台湾归入了我国版图。
>
> 国民性(nationality),依美国之例而言,未必须由同一种族之民构成,而同一种族未必成为同一国民,同一种族亦未必会形成同一国家。国家必须是组织起来的,国家的组织是至关重要之问题。要求国民性的单纯,希望种族的同系,归根结底是由组织的难易而来的问题。

不必说,伊藤博文的演讲明显带有为日本的帝国主义行为寻找合理性和正当性的色彩,这也表明,"帝国日本"的创建并不仅仅是政治、军事和经济行为,同时也是一种言说行为。伊藤有关甲午战争的叙述,无疑是明治政府"正统观点"的代表,但也从其特定立场,讲出了日本帝国主义的特点。第一,伊藤已经注意到,19世纪并非是一般意义的国民(国家)竞争,他所说的"领土开拓主义的竞争时代",其实就是帝国主义列强国家竞相争夺殖民地的时代。第二,伊藤认为日本对中国的战争是顺应时代大势而为,他并未对欧美强国的弱肉强食伦理予以赞誉,甚至可说是语含贬损,而由此强调日本加入"国土侵略主义"行列的后发性、被动性以及获得殖民地的偶然性;这自然可以看作是为掩饰"帝国日本"对外扩张行为的说辞,但也应看到,这些说辞恰好表露了后发"新帝国"的言说特点,即善于渲染不得已而为之的被动性和悲情性。第三,值得注意的是,伊藤有关"国民性"或曰"民族性""种族""国家"的阐释,明显超出了一般所谓单一民族国家的论述,无疑是把殖民地编组到"帝国日本"疆域之内一并放进了考量的范围。

如所周知,走上帝国主义之路的日本随后便一路推进,其"近代性"及"现代性"的追求始终和对外扩张的殖民冲动紧密纠结,如影随形。在这样的历史情境中,在"帝国日本"的言说空间里,日本文学发生了怎样变化,做出了怎样的反应? 而在二战以后,日本的文学家又是怎样面对"帝国"的历史遗产的? 这是本书所收各篇文章试图探究的总主题。

帝国与艺术：殖民历史与多样的现代主义

　　小说跃升为最具主导地位的文类，作为近代文学的一个世界性特征，也同样发生于明治维新以后的日本，在此意义上，高山樗牛发表于 1897 年的长文《明治的小说》，所论对象虽然只限于小说一类，但实际上可视为对明治文学的断代史式的总结。樗牛自明治二十年代后期开始活跃于文坛，明治三十年（1897 年）更以当时影响最大的综合杂志《太阳》的文艺栏主笔身份执评论界之牛耳，其意见无疑是有代表性的。

　　在论文的开篇，樗牛明确把明治称为"圣世"，并言："王政复古，知识求诸世界。国民思想面貌从此焕然一新，小说也不再停留于旧时观念。最近三十年，影响我国上下人心的改革精神之激烈、周全，实乃古今内外之所罕见。"很明显，这把"明治日本"与此前的"德川日本"做了切割，将之视为具有断裂性的新旧时代，在这样的视域里，樗牛把明治三十年的小说分为三个时期进行评述：

明治初年至十八年是我所谓的第一期,此时的小说数量之巨称得上汗牛充栋,但大抵承袭德川遗风,不是效仿马琴、种彦的荒唐就是学一九、春水的鄙俚,再不然就是对西洋小说生吞活剥。作为明治小说,实在没有什么值得一提的作品。直到坪内逍遥写下《小说神髓》和《当世书生气质》,极言劝惩主义之误谬,始开写实小说之滥觞,举世皆靡然从之,小说界大旗变化一新。这虽是时势所致,但当时世人皆困睡于旧梦中,无人能从旧圈套中脱颖而出,唯有逍遥逆对滔滔时流,为时代之先导,可见其人见识超凡、聪颖绝伦。百世之内,逍遥在我国文学史上必占有独特的地位。

......

明治小说的第二期是写实小说的全盛期,从明治二十年到二十八年前后,时间跨度约十年。

若溯寻写实小说的系统,则如前章所言,可追至元禄时期的浮世草子,其间一度被传奇小说压制,除三马、春水、一九等人戏作尚有一丝写实遗风外,至明治十八年时已然形影不存。但自从坪内逍遥的《小说神髓》面世后,写实小说崛起,迅速压倒了自化政①以来牢固占据垄断地位的传奇小说,成为文学世界的一股重要势力。而传奇小说在西洋小说的影响下也多少有些改善,虽然仍受部分人喜爱,但终归无力再与写实小说抗衡了。其中,二叶亭四迷

---

① 日本的文化、文政时期(1804—1830 年)。

的《浮云》成为了时代先锋。

虽然逍遥的《书生气质》的根本精神是写实的,但是文体、构思多少还有些旧式传奇小说的影子。《浮云》则不然,其思想、文字完全脱离了旧范式,是真正新时代的产物。《浮云》以人物性情为主,而非以情节为主,因此小说规模结构虽较传统小说狭窄,但其事皆基于人情自然,浑然如一有机体。

如上,正是在新旧对立的文学史构图里,樗牛肯定坪内逍遥的小说论和小说作品作为"时代之先导"的作用,特别是二叶亭四迷小说《浮云》的"时代先锋"意义。而他所谓的"先导""先锋"等概念,无疑都是在与"旧时观念"比较的意义上使用的,其实强调的是其"近代性"或"现代性"特色。但值得注意的是,无论逍遥的理论还是二叶亭的作品,都和樗牛所构想的"国民文学"明显存在距离。在同文"序论"部分,樗牛提出"国民文学"的概念并这样予以界定说:"国民文学是国民性情表露的一种形式";"表达国民之情感与希望者,乃谓国民文学";"以国民性情为基础的文学将是永恒的文学,不朽的文学,它会与国民永存"。以此为标准,樗牛不仅对坪内逍遥和二叶亭四迷都表示了不满,更对进入第三期的小说加以愤怒呵斥。按照樗牛的划分,明治小说第二期为明治二十至二十八年,亦即 1887 年至 1895 年,而把 1895 年作为此一阶段的终点,樗牛无疑是考虑到了日清战争(中日甲午战争),在《明治的小说》结尾处他明确写道:

是时正当日清战起,越年而未息。一般文学被弃于社会关注之外,而这次战争给纯文学的影响,似亦未称深远。从社会上层至下层,在政治、宗教、学术上具有如此巨大影响的世界性战争的大胜利,居然于诗歌小说未发生多大关系,这是十分奇怪的。我们不得不承认,我国民的审美意识是极匮乏的。我国文学家大都具有超凡脱俗的习气,以文学为出世之物,从不想着应该贴近人生世态,踏上与之共同精进之途。因此,在劝惩主义消沉之后,其结果却是写实的小说家和批评家同声褒奖 art for art 主义。以至于他们无视道德、宗教,将社会国家的时事问题排除在诗歌小说的题材之外。……王师越海西进,举国投身国家的精神大运动之际,除二三流作家作些浅近的战争谈之外,竟无一人歌颂这爱国义勇精神。不仅如此,倘有人写了关于战争的著作,反被贬斥为媚俗之作,这着实让人无语。

虽然樗牛在此没有直接点出名字,但从他对非功利性的"为艺术而艺术"(art for art)以及"写实小说家"的批判,不难看出其矛头所向正是他高度评价的坪内逍遥一派。这与其说是樗牛观点的前后不一,毋宁说体现了他企图把被视为具有近代性特征的"纯艺术"组合进"国民文学"的努力,是对可能逸出国民国家整体格局的"文学"的收编和规训。而樗牛以"日清战争"作为明治小说第二期的终点和第三期的起点,特别强调以与这场"世界性战争"的关系作为评骘文学的标准,亦表明他所

13

提倡的"国民文学",并不能仅仅从字面上理解为一个仅限于国民国家境域内的文学,其中显然也包含了对"帝国日本"跨越国民国家边界行为的积极呼应。这其实也是很自然的逻辑,帝国性的视野本来就是一种具有世界性的视野。

作为文坛主流的批评家,高山樗牛的意见应该是具有相当影响力的。而在中日甲午战争期间,类似意见并不限于日本的文学批评界。如著名语言学家、1894年出任帝国大学博言学讲座教授的上田万年即于同年发表《国语与国家》的演讲,首次把"国语"和"国家"作为一个有机的联系加以论述,认为"日语是日本人的精神血液,日本的国体主要由这精神血液维持"。而被视为日本"国文学"学科奠基人的芳贺矢一在明治二十三年(1890年)出版《国文学读本》(与立花铣三郎合著)中不仅首先剥离与汉文脉络里的"文学"之关系,申明他们的"文学"是与近代西方"literature"相对应的纯艺术概念,且同时强调这种纯艺术的"文学"所应具备的反映"国民性"之特征,实际上从文学史论述的角度和高山樗牛的评论构成了对应。综合观之,在19世纪90年代,亦即"明治国家"确立自己的基本格局和走向的关键时期,呼吁"举国投身国家的精神大运动",已经成为包括文学在内的思想文化界的主流声音和基本氛围。

萨义德在《文化与帝国主义》一书里曾引用英国画家、诗人威廉·布莱克为反驳雷诺兹伯爵而写的一段话:"帝国的根基是艺术与科学,将之排除或贬低,帝国就不再存在。帝国追随艺术,而非如英国人所认为的那样:艺术追随帝国。"不过,萨义德所关注的重点,是帝国主义的运作是如何在"超越经济法则和政治决策"之外的"文化"领域发生,并由此出发去揭示一直被视为独立自足的文学文本"与真实背景的复杂关系",所以,他没有去讨论布莱克所提起的艺术与帝国的先后次序问题。倒是 W.J.T.米歇尔在《图像何求》一书里接过了这个话题,并进行了锲而不舍的追问:"如果乔舒亚·雷诺兹是正确的,艺术只能做的就是步帝国的后尘,贪恋新皇帝的宫殿。如果布莱克是正确的,那么,艺术和科学就处在一个更加复杂的位置。"米歇尔明确表示自己"站在布莱克一边",但同时补充说:布莱克的观点未必"会令艺术家感到欣慰",因为"如果帝国追随艺术,那并不能保证它所引领的是正确的方向"。

米歇尔的说法虽然有些缠绕,但基本意思还是可以看得清楚的,对于帝国和艺术究竟是谁引领谁的次序问题,我们其实不能过于计较,更不能做机械的区分,因为在实际的历史情境中二者关系曲折而复杂。如果按照矢内原忠雄的分析,日本作为后发型或"早熟的帝国主义",其殖民扩张的动力首先并不来自"垄断资本主义的发达",而更多来自"帝国主义意识形态",那么,"帝国追随艺术"或为常态,但二叶亭四迷的行为却提供了"艺术追随帝国"的实例。这位被视为日本近代小说言文一致体之开创者的作家,在 1902 年决然放弃学院教职和文学写作,只身孤旅前往中国,无疑是他早年被培植于心的"帝国主义的迷狂"膨胀发酵的结果,而他的"冒险"之举,又犹如行为主义的艺术表演,呼应了日俄战争之前日本国内日益高涨的对外扩张情绪。可以说,此一时期的二叶亭四迷既是"帝国日本"的追随者也是殖民扩张的自告奋勇的探路人,二者交织于一身。

在本书所涉及的历史时段里,日本以天皇纪年的年号经历了从明治(1868年9月—1912年7月)到大正(1912年7月—1926年12月)、昭和(1926年12月—1989年1月)、平成(1989年1月—2019年3月)四次更换。如果说明治日本通过中日甲午战争、日俄战争和强行合并朝鲜,确立了作为帝国主义国家的格局和走向,那么,进入大正时期,特别是在第一次世界大战期间,它更获得了加速推进此一趋势的条件。大正时期常常被历史学家描述为日本近代历史上的民主主义高涨期,"大正民主主义"甚至成为指称这一时期的固定词语,明治以来一直由倒幕维新的强藩出身人物垄断的中央政府,1918年被民选众议院议员原敬为首相的政党内阁所取代,以及1925年《普通选举法》的制定和实施,则在这样的历史叙述中被视为标志性事件。但也就在同一时期,日本的对外扩张步伐也更为加快:1914年8月以对德国宣战的方式占领中国的青岛,把当时习称"欧战"的"一战"战火燃到了亚洲;1915年提出"二十一条要求",大规模地占有在中国的经济、军事权益;1919年残酷镇压朝鲜半岛要求独立的"三一运动",深度强化殖民地统治。加藤周一曾言:"所谓'大正民主主义',不是天皇制官僚国家的结构民主化,而是在帝国宪法制度下的政策民主化,也是自由主义的妥协。"成田龙一在考察了吉野作造等"民本主义"论者的言论后指出:这些论者"虽然在国内政治主张自由主义,却和国权主义结合在一起,容忍对外占有殖民地和扩张主义,难于和帝国清晰划开界线",并明确说:此类"民本主义可谓是一个国家内的民主主义,那正是帝国的民主主义形态"。而就近代中国的实际历史感受而言,"大正日本"给中国带来的创痛是直接而切实的,其剧烈程度并不亚于"明治日本",是全面帝国主义化的"昭和日本"的响亮前奏。

如前面已经言及的那样,帝国主义不仅仅表现为军事、经济的扩张,也表现为价值、思想、知识和情感、想象体系的建构,在此过程中,文学并不仅仅处于追随的位置,也表现出质疑的态度和批判精神,本书论及的石川啄木、北川冬彦、中野重治,即为比较典型之例。而本书未能专题论及的夏目漱石,当然也在此之列。漱石留学英国归国后在东京帝国大学任教,后来在公开出版的《文学论》讲义序言里指出汉文学意义上的"文学"和英语脉络上的"文学"概念之区别,并明确表示出对后者的质疑,其实即是对发端于欧洲的现代意义的"文学"的质疑。但漱石没有因此而远离"现代"文学,而是决然放弃学院的地位和职业,进入新闻媒体,以小说家的身份,对现代社会和现代文明进行持续不断的批评。他的代表作之一《三四郎》里反复出现的"迷途之羊"的意象,显然不仅仅是在隐喻作品中人物的命运,更是对日益走向迷途的日本社会提出的警示。

不过,本书没有过高地认为这些文学家可以引领"帝国"转到"正确的方向",在考察他们自觉与"闭塞的时代现状"严峻对峙的同时,也注意到他们在帝国的暴力控制之下所出现的游移、妥协乃至"转向",分析了在帝国体制下文学想象和表现的可能性和限度,以及文学家们为克服其限度所经历的痛苦挣扎。中野重治和北川冬彦的文学活动都开始于大正末年,在昭和前期崭露头角。中野作为普罗文学运动的激进派为人所知,北川则以两份前卫诗歌杂志(《亚》和《诗与诗论》)重要成员的身份成为诗坛新锐,他们都怀持对明治日本时期形成的"近代"体制、成规的反叛意识,是自觉地与"帝国日本"的"近代"分开界限的"现代主义者"。但在相当长的一段时间里,主流的日本文学史叙述一直以所谓纯形式的"实验性"作为"现代主义"的标准特征,不仅由此把包括中野重治在内的左翼作家置于"现代主义"谱系之外,也把后来明显左转的北川冬彦从现代主义文学的正典行列排出。本书特别提出这两位作家的"前卫性"和"实验性"进行讨论,即是对此类文学史叙述偏见的有意矫正。

1945 年 8 月日本战败,明治以来构筑起来的"帝国"也随之解体,但如何处理"帝国日本"的历史遗产,仍是相当沉重和严峻的课题,二战以后形成的世界冷战体制,更为处理这一课题增添了难度和复杂性。本书论及的堀田善卫、加藤周一、大江健三郎,都是在这样的历史状况中从事写作的作家,他们的探索更为直接地连通到当下。而自 20 世纪 30 年代以来,日本文学已经和同时代的中国文学有了各种方式的互动,这既是日本文学史应该关注的内容,也是观察现代日本文学历史的一个有意思的视点,本书收入了与此相关的文章,即出自这样的考量。

Ⅱ 弃文 *

——"言文一致"体小说开创者二叶亭四迷
的越境中国之旅

　　*　初刊于《日本学论坛》(长春)2001 年第 1 期,收录于著者的《越界与想象——20 世纪中国、日本文学比较研究论集》,中国社会科学出版社 2001 年 8 月。

埋骨中国：二叶亭的人生夙愿

在近代日本文学史上，二叶亭四迷（本名长谷川辰之助）是一个重要的存在。他的长篇小说《浮云》（第一部，1887 年发表），因为首次使用口语体描述一个被官僚社会排挤到边缘的"多余人"形象，而被称为"日本最早的一部近代小说"①。他翻译的俄罗斯作家屠格涅夫的《幽会》（《猎人笔记》之一部分）、《邂逅》（中文译名《三个会面》）等，则被后世学者中村光夫誉为日本"明治翻译史上具有划时期意义的作品"。在中国，二叶亭四迷也不是一个陌生的名字。他在世的时候，译作就曾被王国维任教的江苏师范学堂用作教材，也曾引起留学日本的青年鲁

---

① 参见唐纳德·金：《日本文学的历史》。唐纳德·金的这一评断也曾是很多文学史研究者的共识。

迅的注意①。后来中国出版的日本文学史著述，大都列有关于二叶亭四迷的记述②。

但需要说明的是，这里所要追溯的，主要不是二叶亭四迷的著译在中国的传播和扩散过程，而是他先后两次中国之旅的动机和在中国的实际经历与际遇。这当然首先是因为前者在一般所谓"影响与接受"的研究框架中已经被屡屡提及，无须笔者再来多言，但更主要的，还在于对后者的忽视，不仅已经造成了我们对这位文学家认识的盲点，甚至也导致了我们对近代日本文学、近代日本知识分子理解的严重偏差。而二叶亭四迷恰曾长期被视为"日本近代'知识分子'的原型"（桶谷秀昭：《二叶亭四迷与明治日本》）。

二叶亭四迷最初的中国之旅，开始于 1902 年 5 月 12 日。这天下午 1 点 12 分左右，他在日本的福井县敦贺港和来送行的友人告别，然后登上"交通丸"号轮船，和船长见面致意。4 点

---

① 据郭延礼《托尔斯泰小说的第一部中译》说，二叶亭四迷翻译的托氏短篇小说《枕戈记》（今通译为《伐林》或《砍伐森林》）于 1905 年被转译成中文刊载于《教育杂志》第 8 期、第 10 期和第 19 期上，中文译文无署名，《教育杂志》"编者的话"说此作品曾被江苏师范学堂用作日文教材，"本社据其译稿润色之"。据郭氏查考，1904 年 9 月至 1905 年 11 月，王国维在江苏师范学堂任教，同时担任《教育杂志》的编辑，并代行主编之事，故《枕戈记》由日文译成中文，王国维可能参与，而润色者可能性最大的是王国维。另据周作人《鲁迅的青年时代》说：在日本留学期间，鲁迅"对于日本文学当时殊不注意，森鸥外、上田敏、长谷川如是闲、二叶亭四迷诸人，差不多只看重其批评或译文"。

② 在此仅举两本著作为例，以供参考。谢六逸：《日本文学史》，北新书局，1929 年 7 月；叶渭渠：《日本文学思潮史》，经济日报出版社，1997 年 3 月。

20 分左右轮船起航,恰巧从头一天晚上下起的大雨停了,这更给二叶亭带来了好心情,他特意在笔记上描绘了当时的景致:

> 此时雨霁,透过西天缤纷多彩的虹霓望去,远山如在近前,蔚为美观。

二叶亭此行的目的地是中国北部城市哈尔滨,为此他已经筹划了许久,现在终于得以实施,难怪笔记的字里行间都透露着惬意。但二叶亭的亲友们,无论当时还是后来,都不认为他的中国之旅是明智之举。因为这不是一次轻松的休假旅游,而是以辞去东京外国语学校教授这样一个薪水丰厚、养尊处优的职务为代价的。而有无这个职位,对二叶亭以及他家人的生活来说,有着非同寻常的意义。

在近代日本的文坛上,二叶亭四迷属于天才的早慧者,1887年发表长篇小说《浮云》(第一部)的时候,他才二十四岁。但《浮云》的先驱意义,在当时只有如坪内逍遥等少数文学家才略有领悟,并没有立刻被多数读者接受,没有给年轻的作者带来相应的经济收益,当然也未能让二叶亭由此树立以文为生的信心。

二叶亭的家境困窘,开始从事创作的时候,他的父亲已经从地方政府一般职员的位置上退休,仅凭一点退休金在东京维持四口之家的生活,是相当艰难的。作为长子,二叶亭不能不负起自己的责任,在著书谋不得稻粱的时候,不得不另寻能够谋生的途径。1889 年他毫不犹豫地中断创作,进入内阁官报局,主持《内阁官报》译载国外消息栏有关俄国新闻的编译工作。据统计,二叶亭笔耕的三年,每月稿费收入十日元左右,而刚入官报局的月薪就是三十日元。在这个位置上二叶亭一坐就是九年,他和文坛几乎处于两忘状态。直到1897年,由于不能忍受新上司的官僚作风辞去官报局工作之后,二叶亭才重操译笔,卖一点译稿维持生计。贫病交加的不稳定生活过了两年左右,1899年9月,由恩师古川常一郎先生推荐,二叶亭到东京外国语学校任俄文教授,才迎来了新的生活转机。在这里,他以对俄语的深湛造诣和敏锐感悟,在学生和同事中获得好评,甚至被视为可以和前辈教授古川常一郎、市川文吉两先生比肩的人物,和他们一起被并称为"俄语三川"。

当时的外国语学校俄语教授属于高级官吏,收入丰裕,据说当了教授以后,二叶亭每天坐人力车上下班,这在当时是一种很奢侈的享受。正当生活和事业如日中天的时候,1902年5月,他突然辞去教职,要到中国大陆另辟新路,怎么不让周围的亲友们感到震惊和担忧呢?但二叶亭本人则去意已定,毫不动摇。早在这一年的2月,在写给友人奥野小太郎的信上,二叶亭就表现出了一种壮士一去不复返的味道:

> 小生多年的夙愿总算要实现了,下个月或者再下一个月的初旬,我将出发去"满洲"的哈尔滨。未来如何不可卜知,但决定出国的时候,我已经打定主意埋骨黑龙江边、松花江畔或者长白山下……

在"满蒙"铺设国民抵抗线：
二叶亭的国际政治构想

　　中学时代,二叶亭四迷曾在岛根县松江市有名的汉学私塾——相长舍跟随儒学者内村友辅学习中国古代文化,具有良好的汉学素养。但如果由此以为他埋骨中国的夙愿来自对中国文化的钟情,则是莫大的误会。无论是二叶亭当时写给友人的信,还是其友人们后来的回忆,都可以证明,驱使他前往中国北部地区的动力,主要是他对中国北方邻国俄罗斯的关心。他奔赴中国的最主要目的,是调查俄罗斯帝国东进亚洲的情况,寻找日本应该采取的有效对策。

　　在此必须解除一个可能招致的误解,即二叶亭这样做是受到日本官方的指令。事实并非如此。二叶亭既非日本军方或政府指派,也没有拿到官方的资助或津贴。为了实现自己的目的,二叶亭四迷煞费苦心,屡屡请托友人,最终才在一个私人经营的贸易公司——德永商店设在哈尔滨的支店谋得一个顾问的位置。他甚至没有和该商店店主德永茂太郎约定工资的数额，只是领取了一点路费，以及留给家人一点生活费，就毅然上路了。二叶亭致奥野小太郎的信里流露出前程未卜的情绪，可能与此有关。但即便如此，他也没有踌躇。

当然，说二叶亭的决断完全是个人选择也不正确，他的思路的形成，其实和他所受到的教育、所感受到的社会氛围有密切关系。若干年后，二叶亭回忆促成自己青年时代决心选择俄语作为专业的动因时，曾做过如下说明：

> ……谈到我为什么喜欢上了文学，首先必须从我学习俄语开始说起。其经过是这样的：千岛群岛和萨哈林岛交换事件发生后，日本和俄罗斯的关系成为社会议论纷纷的话题。那以后，在《内外交际新志》上，不断鼓吹敌忾之心，社会舆论随之沸腾。在这样的时代，我自孩提时代就萌生了的思想倾向——应该称为维新志士气质的倾向也就抬起头来。总之，慷慨爱国的社会舆论，和我的思想气质相遇，其结果，便形成了这样的认识：日本将来的深忧大患必定是俄国，现在必须考虑怎样预防，就此而言，学习俄语是非常必要的。于是我考进了外国语学校的俄语科。

作为事后追忆，上面的说明难免有些细节疏漏。二叶亭四迷的传记作者中村光夫查阅过《内外交际新志》后指出，这是一个研究国际关系的杂志，上面并没有二叶亭所说的鼓吹敌忾之心的激烈言论，也没有把千岛群岛和萨哈林岛的交换问题当作特别重要的事件报道。桶谷秀昭则推断说：事实的顺序可能恰好和二叶亭的回忆相反，可能他首先是受到千岛、萨哈林交换事件的刺激，开始关心国际问题，然后才读到《内外交际新志》的。但无论如何，千岛、萨哈林交换事件以及围绕这一事件的种种社会舆论，曾对二叶亭四迷青少年时代的精神形成和他此后的世界认识，产生过不容忽视的影响，则是没有疑义的。

　　1875 年缔结的千岛群岛与萨哈林岛交换条约，是日俄两国战略妥协的产物。如众所知，这两个国家，到了这一时期，都仿照欧美等西方国家的发展模式初步完成了国内社会体制的改革，都在快速地推进现代化建设，并取得了相当可观的效果。据一份研究报告显示：在 1870 年，日俄两国按人口平均计算的实际国民生产总值，和当时世界最强大的英国比较，"日本是四分之一，俄国是三分之一"。这表明，"有能力和决心赶上实现现代化比较早的国家的，只有少数几个国家，日本、俄国可能是其中的两个"（西里尔·E.布莱克等：《日本和俄国的现代化——一份进行比较的研究报告》）。这两个国家，不仅通过自身的转变，建立了抵御西方殖民主义的能力，同时也按照欧美模式，把扩张领土、攫取殖民地作为现代化建设必不可少的日程。俄罗斯自不必说，从 19 世纪 50 年代开始，即大规模南下，从中国北部夺得辽阔的土地，日本也在 1874 年吞并了琉球王国。如是，日本北部和俄罗斯相邻的一些所属暧昧的地带，特别是自 1853 年起两国约定共管的千岛群岛和萨哈林岛，也便在这一时期成为经常惹起纷争的敏感区域。但从争夺自然资源和经济市场的角度看,俄罗斯当时的战略中心主要在与西伯利亚毗邻的中国东北,日本则更看好朝鲜半岛和台湾。1875年,双方经过谈判达成妥协,千岛群岛完全划归日本,萨哈林岛则全部划入俄罗斯国界。

千岛群岛与萨哈林岛的交换,不是出自建立长久和平关系的构想,只是日俄两国权衡利害的一时之计,所以,非但不能消弭两国的冲突,反而强化了相互之间的仇恨和不信任,激发了各自的民族主义情绪,促使它们快速向帝国主义发展,自然也成了它们后来进行更酷烈角逐的远因。少年二叶亭把俄罗斯视为"日本将来的深忧大患",即是这样大背景下的一个典型事例。

1881年二叶亭考入东京外国语学校俄语科的时候将届十八岁,和同届的那些十四五岁,眼睛只盯着俄语科官费助学金的考生不同,他是怀着探寻消除"日本将来的深忧大患"方略的远大志向,而来研究假想敌俄罗斯的。但非常有意思的是,通过学习俄语,特别是接近俄罗斯文学之后,二叶亭的思想竟有所改变。他回忆说:进入俄语科后,"不知不觉地受到了(俄罗斯)文学的影响。当然因为原本很有基础,也就是说,我从孩提时代就存在的一种艺术兴趣,这时受到俄罗斯文学的激励,自然而然地发展起来。而另一方面,还有我的志士气质所带来的慷慨热情,这两种倾向最初本来是没有偏倚、平行发展的,但渐渐地,我从帝国主义的迷狂中醒悟过来,只有文学的热情在炽热地燃烧"。

那么,二叶亭四迷在这一时期接触到了哪些俄国文学作品呢?据有关研究者考察,读到三年级的时候,他至少已经通过俄文原文阅读了屠格涅夫的《父与子》、陀斯妥耶夫斯基的《罪与罚》。此外查明,二叶亭就读东京外国语学校期间从图书馆借阅的书还有普希金的《叶甫盖尼·奥涅金》、莱蒙托夫的《当代英雄》、冈察洛夫的《奥勃洛摩夫》、托尔斯泰的《战争与和平》等,大都是 19 世纪批判现实主义的经典作品。从二叶亭后来的创作中表现出的对人生的关怀、对明治时代日本社会时弊的犀利批判,以及对自我觉醒之后彷徨无路的知识分子心理状态的剖析,都可以看到俄罗斯文学的浓重投影。曾有许多学者强调坪内逍遥的理论著作《小说神髓》对叶亭四迷文学创作的影响①,但从总体考察,应该说,俄罗斯文学对于二叶亭所起到的启示作用更为重要。

俄罗斯文学诱发了二叶亭的文学兴趣,促使他"从一个政治青年转变为文学青年"(桶谷秀昭:《二叶亭四迷与明治日本》),帮助他确立了自己的文学观和写作方法,但二叶亭的政治观是否由此而发生变化,或者如他自己所说,真的"从帝国主义的迷狂中醒悟过来"了呢?从二叶亭的整体生涯考察,事情似乎没有那么简单。东京外国语学校期间对俄罗斯文学的迷恋与《浮云》时期的文学写作,只是他兴趣的一时转移。终其一

---

① 如美国学者唐纳德·金即说:"《浮云》确实不仅仅是受了《小说神髓》的启发之后的产物,但无可否认,以二叶亭四迷为代表的青年作家们从(坪内)逍遥明敏的批评精神中所受到的启发是相当巨大的。"

生,二叶亭的兴趣和关注的兴奋点始终在政治,特别是国际政治和文学之间游移,并且,前者所占比重始终大于后者。他进入官报局后,立刻搁置文学写作的笔墨,除了对自己文学才能的怀疑,编译俄国新闻的工作激发了他的兴趣,恐怕也是一个相当重要的原因。成为东京外国语学校的教授之后,这位当年的文学迷,已经闻名于世的小说家,却没有像他学生时代的俄语教师那样,把俄罗斯文学带进课堂。即使有时选用文学作品作教材,二叶亭也并不从文学的角度去讲解。他的教学重心主要放在语言学方面,不仅认真地分析语法和词汇,甚至连语气词的细微区别也予以细致辨析。据他的学生股野贯之回忆,"先生好像很不高兴在教室里讲授小说或者剧本之类的东西",一般多以为这是因为他弃绝创作之后"讨厌别人把自己视为小说家",但真正的原因可能远比这更为复杂。

　　二叶亭到东京外国语学校工作期间日本已经成功地实现了产业革命①,并通过 1894 年的出兵朝鲜和对中国开战,初步建立了拥有海外殖民地的帝国主义体制,由此,它和同样后起的帝国主义国家俄国的关系也再度进入紧张的阶段。不过,此时双方争掠的地域已经不在日本北部,而是转移到了中国大陆。1895 年 4 月,日本利用甲午战争得胜之势,在下关谈判中强行要求中国割让台湾、澎湖列岛和辽东半岛。随后,俄罗斯

---

　　① 　一般认为,从1894年的中日甲午战争到1904年日俄战争间是日本近代产业革命发生与发展的时期。

联合法、德两国进行干涉,迫使日本放弃对辽东半岛的占领权。随后,1896 年,俄罗斯通过和清朝政府秘密谈判,获得修建一条自西伯利亚经由中国东北通到海参崴的铁路——中东铁路的权利。1898 年,俄国又从清朝政府租借到包括大连、旅顺在内的辽东半岛南部地区,并获准把中东铁路支线延伸到大连。俄罗斯的一系列行动,使日本感到受到了侵害和侮辱,日本国内民族主义情绪普遍高涨。一向怀持扩张野心的军方首领自不必说,如在 1890 年即以首相身份在《施政方针》中公开提出日本国家的"主权线"与"利益线"战略理论的山县有朋,此次作为陆军大臣,又早在俄、法、德"三国干涉"的十天之前,就颇具"预见性"地提出,日本要成为东洋霸主,必须进一步扩大"利益线",扩大军备①。

许多站在民间立场的知识分子也同样表现出帝国主义逻辑的"爱国"热情。最为著名的代表,是一向以平民主义评论家著称,甚至被誉为"国民之声"的德富苏峰。中日甲午战争期间,德富苏峰曾作为战地记者随军行动,听到辽东半岛因为三国干涉而决定交还中国,他愤慨无限,欲哭无泪,"不屑于在已经返还他国的土地上多停留一刻钟",立刻找船回国。但在上船之前,他特地从旅顺口海滩上抓了一把碎石和沙粒,用手帕

---

① 山县有朋 1890 年《施政方针》说:"盖国家独立自卫之道有二,一是守卫主权线,二是保护利益线。何谓主权线? 国疆是也。何谓利益线? 同我主权线之安危有密切关系之区域也。……方今立于列国之间,欲维持国家之独立,仅仅守卫主权线已不足,非保护利益线不可。"

包好带回了日本，"作为它们曾经成为日本领土的纪念"。德富苏峰后来写到，这一事件在他的思想历程中产生了决定性影响，他原来坚信的"正义""公道"等理想由此完全轰毁。"归根结底必须有力量。力量不足，任是什么正义公道，都不值半文。"于是，他放弃了平民主义立场，转而积极谋求和政府合作。

德富苏峰的"转向"，在明治后期思想史上是一个具有象征意义的重要事件。正如隅谷三喜男分析的那样，"这不是由警察等施加压力导致的转向，而是思考国民利益的人们，在把迄今为止的思考从国内问题向国际问题拓展时"得出的结论："只有集聚国力才是最急要的。"而德富苏峰等人的认识，即"必须以力量对付力量"的思路，在当时的日本"国民当中也急速地蔓延开来"。日本近代的军国主义体制就在这样的气氛中得以确立。

在这样的国际局势和社会氛围中，二叶亭四迷自然不会引导学生沉醉于俄罗斯文学的世界里。一直潜伏在他内心的所谓俄国是"日本将来的深忧大患"的认识，和伸张国威的"帝国主义"意识在这一时期都浮出水面。二叶亭没有满足于一个俄语教授的工作，从1900年至1902年间二叶亭四迷笔记里记下的"对外时事拔萃"可以明显看出，他的关心所在是"东清铁路（即中东铁路——引用者注）和俄罗斯的出兵'满洲'"。据他的友人回忆，他经常以"东亚大经纶家"的神态和同事、朋友等讨论对俄问题，提出应对方略。大体说来，二叶亭四迷的对俄方略和山县有朋的主张有同有异。相同的是，他们都主张把日本本国的所谓战略"利益线"扩展到其他国家,比如,把对付俄罗斯的防御线设在中国的东北部。不同的是,山县有朋强调的是增加军备,二叶亭则重视民间的力量,认为应该加强"国民的抵抗线"。正如桶谷秀昭所说:"二叶亭的野心,是针对俄罗斯侵入远东,在'满洲'、蒙古发展日本的企业,以此在'满蒙'铺设起国民抵抗线,这促成了他明治三十五年(1902年)抛弃外国语学校教授职务,作为海参崴一个民间企业德永商店的顾问奔赴中国大陆的行动。"

从哈尔滨到北京：二叶亭在中国的足迹

　　1902 年 5 月 14 日下午 4 点 30 分,二叶亭四迷到达俄属港口城市海参崴。德永商店的店员前来迎接,他办了海关手续后,乘坐马车到商店住下。第二天,他先后访问了日本人设置的贸易事务馆和同胞会事务所,又到德国人开设的阿里贝而斯杂货店买了些东西。在海参崴,二叶亭住了二十多天,做去哈尔滨的准备。从他写给坪内逍遥的信看,在这段时间里,他特别留心考察了日本人在海参崴的经济贸易情况。

　　如前所述,二叶亭是怀着远大志向离国远行的。据有关资料说,二叶亭的对俄方略,即在所谓的"满蒙"地区设置日本的"国民抵抗线",主要就是在中国的东北直到西伯利亚地区大力发展日本的实业力量。出国之前,他甚至提出,为了达此目的,一个最为有效的办法是往西伯利亚输送日本妓女。因为日本妓女所到之处,日本的商品肯定会随之渗透进去。如在海参崴日本人经营的商业获得发展的背景,就是日本妓女的存在。在那里,日本妓女改入俄罗斯籍,成为上流阶层主妇的人数很多,所以,日本的生活方式得以流行,日本产品也打开了销路。据说,二叶亭的这个"运用'胯裆政策'把西伯利亚日本化"的战略,让他已经成为实业家的同窗苦笑不已,但二叶亭却丝毫没有开玩笑的意思,他说:把输送妓女看成是国耻的叫嚷,只是一种鼠目寸光的短视而已。

但二叶亭确实没有准备像他以前宣称的那样在海参崴经营妓院。他此次远行的目标不在海参崴,而在哈尔滨。6月7日,二叶亭从海参崴乘上俄国人经营的火车,沿中东铁路进发,6月9日抵达哈尔滨,到德永商店设在这里的分店就职,准备以此为据点,大展他的"实业抗俄"的宏图。

不过,此时的哈尔滨并不具备让二叶亭施展抱负的条件。首先,这座城市本来是俄国为修筑中东铁路选定的枢纽据点,自1898年6月中东铁路建设局从海参崴迁来,俄国的大批官员、管理人员、工程技术人员、服务人员和军队都一拥而至,1899年,仅驻扎在这里的哥萨克兵等兵员就达五千多人。二叶亭来到的这年,在哈尔滨军队和铁路员工之外,俄国人已经达到一万二千人(薛连举:《哈尔滨人口变迁史》),而居住在这里的日本人仅有八百人左右(桶谷秀昭:《二叶亭四迷与明治日本》)。俄国不仅在人口比例上占了优势,并且,按《中俄秘约》领有哈尔滨及中东铁路附属地区的行政管辖权,是这里的实际统治者。其次,此时日俄两国在中国东北地区的争霸,亦进入了空前紧张的阶段。1900年,日本通过派遣大量兵力到北京镇压义和团而挤进西方近代帝国主义国家行列,在世界舞台上第一次获得了和西方列强对等的地位。而俄罗斯也利用同样的机会，以清除义和团为借口，派遣大量军队进驻中国东北。1902年，日本和英国结成同盟，极力敦促俄国从中国撤军，设法驱逐俄罗斯在中国东北的势力。日俄两国的角逐不断升级，战争已经到了一触即发的境地，在俄罗斯管辖的地域，自然也加强了对日本人的警戒。据二叶亭四迷此一时期写给坪内逍遥的信说：在哈尔滨，只要说是日本人，必定会招致猜疑的目光。为了防备日本军事侦探的潜入，俄罗斯的官宪们对新来此地的外国人严厉检查，不发给经商许可；而对于已经开设的老店，也经常刁难、压制。在这样的情况下，日本人商贸活动，大都处于沉滞低迷状态，二叶亭的宏图大志当然无法实行。

不过，需要指出的是，二叶亭在哈尔滨期间写下的书信和笔记，虽竭力抨击俄国官宪管制的暴虐，却绝口不提确实有日本军事侦探潜入哈尔滨活动，而他经常出入的菊地照相馆，其实就是日本军部设在哈尔滨的一个情报站，照相馆的主人菊地正三，就是日本著名的军事间谍石光真清的化名。据石光真清的回忆录《旷野之花》言，那时二叶亭经常来照相馆游逛，有时"在这儿住一周，以流利的俄语和照相馆的顾客聊天"。他曾听石光讲述在俄属远东地区的旅迹，"大感兴趣"，甚至"记了笔记"。有一次石光得到一份俄罗斯驻军的调防命令书，不巧照相馆的翻译不在，于是便请二叶亭帮忙，却被二叶亭一口回绝。他说："我讨厌这种无聊的东西。"

最让二叶亭感到失望的，还是德永商店。他本来对店主德永茂太郎寄予很大期待,实际接触后才觉得这个商人并不能担当他所期待的大任。经纶大业无望有成,他在德永商店的食客地位却不好过,虽然吃饭不成问题,但工资却因为来前没有明确约定,商店也不主动提起,使得二叶亭连洗澡用钱都要张口向商店去要,这是他无法忍受的。

1902 年 9 月,二叶亭离开哈尔滨,途经旅顺、大连、山海关、天津,做了一些考察,10 月 7 日到达北京,见到曾在东京外国语学校读书的校友川岛浪速。东京外校期间,川岛学的是中国语,中日甲午战争时曾作为日本陆军翻译从军,1900 年镇压义和团时随日本军队侵入北京,担任日军司令部翻译官和日军占领区的军政事务长官,得到清朝皇族中的实权人物肃亲王的信任,在日军撤军之后,由肃亲王保荐留在北京组建培养中国警察的警务学堂。肃亲王对川岛极其信任和赏识,不仅请他担任全权管理学堂的监督(相当于校长)之职,还让自己的女儿认川岛做义父。肃亲王的这位女儿,就是后来大名鼎鼎的女间谍川岛芳子。而川岛结交肃亲王、组建警务学堂,则另有远图。所以,当二叶亭向川岛浪速倾诉自己经营"满洲"、抗御俄国的战略以及壮志难酬的苦恼时,川岛顿觉深获我心,并对之倾吐了自己的见解:"对俄和对中,看似两个问题实际是一个问题,归根结底,我们的理想对象是整个亚洲。而为了解决作为当务之急的俄中问题,我们要一边等待时机,一边巩固自己的立足根基。现今可担任警察教师的人很多,但能一起谋划远大理想的人一个也没有,既然在北满不能如意施展抱负,您暂且留在此地,我们一起携手,推进理想事业如何?"二叶亭也有知己相逢之感,于是决定留下,和川岛共襄大业。

川岛请二叶亭担任北京警务学堂的提调(相当于总务长)职务,每月酬以二百五十银圆的高薪,川岛外出时,还请他代行学堂监督职责。确实像内田鲁庵所说,北京警务学堂"提调时代是二叶亭一生中最得意的时代"。但后来,因为学堂内部日本教员发生分歧,二叶亭被拥戴为和川岛对立一派的领袖,为避免和川岛发生冲突,二叶亭决心辞职,他于 1903 年 7 月正式提出辞呈,同月 21 日离开北京回国。当年谋划的雄图大略几乎一事无成,出国时发下的埋骨中国北部白山黑水之间的誓愿,似乎也被忘到了脑后。

关于二叶亭放浪中国的叙述
及其意义的再生产

　　由是,二叶亭四迷从 1902 年 5 月到 1903 年 7 月之间,一年零两个月有余的中国之旅,在后来一些关于他的生平的叙述中,常常被描绘成一个自我意识觉醒之后时时处于自我怀疑状态的知识分子壮志未酬的悲剧,或一个言过于实、"知"而不能"行"的浪漫文人轻率的放浪故事,而对于促成他此次大陆之行的殖民主义冲动,则很少进行深刻的批判性剖析。关川夏央的传记甚至以惋惜的语调,感慨二叶亭离开北京过早,未能赶上半年以后的日俄战争,"轻易丢失了奔赴历史现场的机会"。并且,多数传记都热衷于凸显二叶亭的民间立场和文人的任性,以此强调他和那些带有浓厚官方色彩、从事政治与军事活动的帝国主义者的区别,他拒绝给石光真清翻译军事情报的细节,也常常成为各家传记乐于引用的典故。

　　而事实上,二叶亭和官方人物积极合作的事例也有很多。且不说他和川岛浪速的一见如故,在北京警务学堂时期,二叶亭还始终和日本驻华使馆公使以及驻华军队负责人山根少将保持联系。他不仅利用学堂提调的有利身份，留心收集清朝的政治、军事方面的情报，还打算以学堂为基地，把手伸向中国人，鼓动起反俄运动。有一次，二叶亭打听到清朝军队有关日俄开战后的应对方案，立刻汇报给川岛，请托川岛"把昨夜获得的情报报告给山根将军"。另外一个很少被注意到的例子是二叶亭四迷和《顺天时报》的关系。这家曾被周作人称为"日本帝国主义机关"的报纸虽然此时还没有正式被日本外务省购买，但由于创办者兼主持人中岛真雄和军方有特殊关系，此时，不仅在报纸上公开鼓吹对俄开战，还直接接待日本军部派遣来做对俄作战准备的"特别任务班"。应该说已经和官报无异了。二叶亭这一时期写下的笔记，不仅记载了和《顺天时报》的印刷业务往来，还代为支付、领取"机密费"。可见其关系非同寻常。

当然，二叶亭又确实和日本官方派遣的从事政治、军事活动的人物有所不同，他没有从官方那里接受指令，做是自觉自愿，不做也可以率性而为，比如，辞去警务学堂职务回国，就没有也不会受到官方的任何约束。但唯其如此，则更可以透过二叶亭的行为，看到帝国主义意识在日本社会渗透的深广程度，并非像一般想象的那样，仅仅是一小部分军人和政客操纵的结果。在维护和扩张日本国家权益的问题上，民间立场的文学家二叶亭四迷和官方人物的思想基础并无根本分歧。

在这里有必要特别提出一个问题：二叶亭四迷在中国生活了一年多，表现或流露出了怎样的中国观？这似乎没有被日本的二叶亭传记作者们特别注意,而这,恰恰是测量二叶亭国际政治观的一个不可忽略的指标。从这段期间二叶亭的笔记和书信看,中国虽然被多次提及,但基本上是被放在日俄关系、对俄战略的格局中,作为一个可以利用的棋子来考虑的,至于中国自身的主权和利益,中国人的苦乐,则没有进入他关心的范围。中国经历在二叶亭的创作里倒也留下了一点痕迹。他归国后创作的长篇小说《面影》后半部分曾写到,主人公小野哲也在传统婚姻和自由爱情的冲突中彷徨无路之时,一个应聘到中国去做专科学校教师的机会使他看到打开难局的希望。他后来真的去了中国,虽然未能爱情美满,但也没有走日本传统文学常见的殉情之路,或重回家庭委曲求全,而是流落异域不知所终。一些日本研究者曾考证这样的情节安排与二叶亭游历中国时的见闻之关系,但这种与作者实际经验对号入座式的传记批评往往把情节的多层蕴涵简化,而英国学者艾勒克·博埃默关于 19 世纪英国小说中常见的把"到殖民地去"作为某些人物出路的叙述模式的分析,则对我们理解《面影》更具启发性。博埃默认为,关于殖民地的想象"为维多利亚的小说家创造了一种很容易把握的封闭的叙述策略。殖民问题于是就成了小说和剧本中说让情节复杂就复杂、说让他解决就解决的一帖灵丹妙药。即使一切都失败了,仍有一条出口通道——可以到帝国去。那遥远的国度虽说是惩罚服刑的地方,但也有种种可图的机会,甚至要想东山再起也指日可待"。

《面影》发表的时候,中国和日本的关系虽然不同于英国和它的殖民地属国的关系,但许多类似二叶亭这样的"大日本帝国"国民到中国大陆去开拓疆土的欲望,即所谓"大陆志向",和大英帝国国民"到帝国(的属地)去"的心态应该是有很多相通之处的。从这样的意义说,在近代日本文学史上,二叶亭四迷是比较早地把"大陆志向"作为情节因素引进小说叙事的作家,距《浮云》发表近二十年后问世的《面影》,实际上又开了近代日本小说另一流脉的先河。到了20世纪30年代,中国的东北已经沦陷为日本的殖民地,一些为配合军国主义侵略政策而倡导所谓"开拓文学"的日本作家把二叶亭四迷引为先驱,虽然不无牵强附会、为己所用之嫌,但也并非全无缘由。

最后,也许有必要说到中国学术界和读书界对二叶亭四迷的认识。如前所述,在中国出版的各种有关日本近现代文学的史论里,关于二叶亭四迷的文学生涯、代表作《浮云》以及俄罗斯文学的翻译都有所评述,却基本没有涉及他的中国之行,以及此次游历在这位文学家精神形成史和文学创作上的意义。毋宁说,中国学术界对二叶亭的这段经历一般来说是比较陌生的。就笔者读到的文献资料,较早提到二叶亭来华的是周一良先生的《十九世纪后半到二十世纪中日人民友好关系和文化交流》,然后是汪向荣先生的《日本教习》。汪著说在来中国任教的日本教习名单中,可以看到"后来以'二叶亭四迷'见著于世的长谷川辰之助"。周文和汪著一样,关于二叶亭的记述也是很简略的一句,并且也误以为他是在中国任教之后才成为著名文学家"二叶亭"的。可见汪周两先生撰文时所掌握的有关二叶亭的来华资料并不充分。

这里还应该提到余秋雨先生收在《文化苦旅》中的《这里真安静》,这篇散文也写到了二叶亭四迷。作者过访新加坡,一位朋友带领他到一个墓地去参观,在那里竟然和二叶亭相遇。

二叶亭四迷的墓为什么建在了新加坡?原来,1903 年离开北京回国后,二叶亭的求职、谋生并不顺遂,好不容易进入朝日新闻社,写作和工作也很不如意,所以又萌动去海外的念头。1908 年 6 月,他作为《朝日新闻》的特派员奔赴俄罗斯,途经中国的大连、哈尔滨等地,曾小做停留。二叶亭的此次中国之旅,算是旧地重游,但因为日俄战争后,日本已经在中国东北占据优势地位,他的心境也今非昔比了。走在大连街头,"行人皆我同胞,店头招牌皆我日本方形文字,再也没有人用怀疑军事侦探的奇异目光看我,对谁都可以毫无顾忌地挥手致意,在宽阔的大道上阔步行进,我的喜悦之情无法按捺"(二叶亭四迷:《入露记》)。一个殖民地新主人的神态跃然活现于纸上。在俄罗斯,二叶亭工作到 1909 年 2 月,身体感到不适,随后病情不断加重,4 月,决定取道欧洲,经伦敦乘日本航船贺茂丸号回日本。5 月 10 日,船在从科伦坡到新加坡途中,二叶亭四迷病逝。13 日,贺茂丸号停靠到新加坡,二叶亭的尸体在当地火化,他的墓也就留在了这里。不过,在日本本土,还有一座二叶亭四迷的墓,那是二叶亭的朋友和东京外国语学校的校友 1921 年在东京丰岛区染井墓地给他修建的。

余秋雨的文章说，在新加坡的这片墓地，他先看到的是日本军人的墓，即二战时期担任日本南洋派遣军总司令的寺内寿一和他数万名战死的部下的墓，然后看到了日本女人的墓，从20世纪初到二战结束期间到南洋谋生的日本妓女的墓，最后才看到日本文人二叶亭四迷的墓。虽然按照埋葬的年代，可能顺序正好相反，二叶亭是比较早地进入这块墓地的。

在日本军人墓前，余秋雨先生历数寺内寿一等军阀的暴虐，在日本妓女墓前，他表达了对这些不幸女性的同情，也分析了造成她们不幸的历史根源。到了二叶亭四迷的墓前，余秋雨先生首先感到意外，但也产生了一种"亲切感"，所以，他的文章写到这里，议论和抒情都达到了高潮：

> 二叶亭四迷早早地踞守着这个坟地，他万万没有料到，这个坟地以后会有这般怪异的拥挤。他更无法设想，多少年后，真正的文人仍然只有他一个，他将永久地固守着寂寞和孤单。
>
> 我相信，如果二叶亭四迷地下有灵，他执拗的性格会使他深深地恼怒这个环境。作为日本现实主义文学的一员大将，他最为关注的是日本民族的灵魂。他怎么能忍心，日日夜夜逼视着这些来自自己国家的残暴军士和可怜女性。
>
> 但是二叶亭四迷也许并不想因此离开。他有民族自尊心，他要让南洋人知道，本世纪客死外国的日本人，不仅

仅只有军人和女人。"还有我,哪怕只有一个:文人!"

……一半军人一半女人,最边上居高临下,端坐着一位最有年岁的文人。这么一座坟地,还不是寓言?

从余秋雨的文章得知,对二叶亭,他是有所了解的,但显而易见,国内现有的关于二叶亭的研究和译介,局限了他的知识视野。如果他对这位"日本现实主义文学的一员大将"的另一面,也就是他的"志士气质"和"东亚大经纶家"性格有所了解,如果知道二叶亭的"大陆志向"和"经营满蒙"的构想,知道他那惊世骇俗的"胯裆政策",应该是另有一番感慨了吧。

不过,无论是周一良先生的论文,还是余秋雨的随笔,都让我们感到,学术信息闭塞和有关资料的匮乏,未必是造成二叶亭认识盲点的根本症结。周一良先生文章的初稿写于 1972年,当时,真正的学术研究条件还不具备,周先生急切地从历史文献中找出中日两国的"友好"佳话,为中日刚刚恢复的邦交提供文化资源,自有其良苦用心和难言苦衷。但不对 19 世纪后半到 20 世纪初两国之间侵略与反侵略、殖民与反殖民的复杂历史进行细致的考辨和分析,一概笼统地用"中日人民友好关系和文化交流"加以表述,无疑会导致历史理解的偏误。20 世纪 80 年代初周先生虽然对此文做了修订后才放入《向达先生纪念论文集》,但总体叙述格局并没有变动。在 20 世纪 80 年代末写作的自传《毕竟是书生》里,周先生说他新中国成立以后所写的"一些中国与某国友好关系的文章,大多是奉命或应邀之作。虽满足一时需要,起过作用,但……多数不足以言研究也"。用语简要,自省痛切,当然,如果能在思想层面对这种应时之作的论述模式做更深入的剖析,应该更有历史警示意义。而余秋雨先生的散文,虽然看似个人色彩鲜明,但其实并无创见和洞见,在他那慷慨激昂的议论中,分明可以感受到近些年来颇为流行的所谓文人或曰知识分子超政治、超意识形态的幻想,看到更早一些年代曾在文艺理论界占主导地位的现实主义万能论的痕迹。仿佛只要是文人,就天然和军人、政治家有清浊之别,如果是现实主义的文学家,那就更天然会是反动军人、政治家的审视者和批判者,天然会是不幸女性的同情者。支撑余秋雨先生那极具煽情色彩的"寓言"故事和遮蔽人们全面认识二叶亭四迷的视线的,难道主要不是这样一些长期被视为无须质疑和追问的前提?

Ⅲ　思乡之歌与"到民间去"的回响[*]

——走读于石川啄木的故乡

　　*　初刊于《传记文学》2007 年第 9 期，题为《石川啄木的诗里故乡》，收录于著者的《走读记——中国与日本之间：文学散札》（中央编译出版社 2007 年 12 月）时改题为《诗里故乡》，现题为收入本书所改。

盛冈小城：啄木诗里的故乡

　　20世纪90年代中期我曾在日本东北地区的一座小城住过一段时间，向国内朋友说明小城的位置，我要说，在仙台附近，因为鲁迅，特别是他的《藤野先生》，仙台这地名在中国广为人知，我相信用这样的说法可以指示出小城的大致位置。而面对日本朋友，我自然要直接说出小城的名字，但有时竟会引来一脸茫然，于是，我要补充说明：是石川啄木的故乡。啄木是日本近代有名的短歌诗人，寄身于喧嚣的都市，却念念不忘故乡的土语乡音，收在他的短歌集《一握砂》中的那首思乡之作曾经打动无数远游人的心：

　　故乡的口音可怀念啊　　ふるさとの訛りなつかし
　　到车站的人群中去　　停車場の人ごみの中に
　　为的是听那口音　　そを聴きにゆく

　　　　　　　　（《一握砂》第一九九首，周作人译）

49

让石川啄木在诗里神牵魂绕的故乡小城名叫盛冈,如果按
照日语发音,应该读作 Morioka。盛冈是日本岩手县的县城,而
在日本,中央政府下面的地方行政区划,除了东京都、大阪府、
北海道几个类似直辖市、区的地方之外,其他就是县,就此而
言,也许应该把日语的"县城"翻译成汉语的"省城"或"省会"。
当然那就可能招致另外的误解,如果按照中国省会城市动辄数
百万人的规模去想象盛冈市,会出现很大偏差。盛冈市的人口
连带郊区仅有二十万,无论如何应该算是一座小城。

那时我在岩手大学工作。在日本,据说每个县至少有一所
国立大学,岩手大学是其中之一。国立大学的地理分布,反映
了日本的现代化注重整体规划的一面,但这规划也不是最初就
设定了一切。岩手大学的前身,是农林高等学校和盛冈师范学
校,后来逐渐发展成为大学,作为基础的农学和教育学自然成
为支柱学科。当然,这些都是旧话,我到这里的时候,这所大学
拥有工学、农学、人文社会科学、教育等四个学部,已经是一个
有相当规模的综合性大学了。

实话实说,我最初知道岩手县盛冈市的名字,也是通过石
川啄木。那时我还读不懂日文,是周作人的翻译带我接触到了
啄木的作品。记得是在旧杂志上,除了啄木的诗作,还有周氏
一篇不长的评介文章。在上世纪 70 年代末期的中国,清末民
初那些闯荡过世界的人物,是我们了解国外的门和窗,尽管他
们的经验和知识早已经成了发黄的历史册页,但当时的我们却
没有感到其间的岁月风霜。周作人说:啄木的短歌,是所谓生

活之歌。在今天看这本是一句很平常的说法，不知为什么，在当时会觉得耳目一新、意味深长。所以，当我有机会去诗人故乡的时候，首先想到的便是把周作人翻译的《石川啄木诗歌集》复印出来，装订成册，放进旅行箱里。而当我到达盛冈之后的第二天，早晨起来到宿舍附近的高松池散步，听到迎面走来的日本老人寒暄的招呼声，心里曾泛起特别的激动。这就是让诗人啄木刻骨思念的乡音吗？

天鹅声声入梦：日本的别一种景观

高松池不是一般的池塘，而是一个占地面积很大的湖，据说最初是大大小小的沼泽，后来经人工疏浚，依形就势连成湖泊，形状自然就有些曲折，但靠近高堤这边的湖面是比较开阔的，构成了湖的主体。高堤右侧是一排粗壮高大的樱树，每到春季，开得如云如锦，城内城外的人就来"花见"，在日文脉络里"花见"的"花"专指樱花，"花见"就是观樱。而樱花灿烂绽开之际也是花瓣离枝飘落之时，所谓盛极而衰凝于一瞬，曾引起许多古诗人感时溅泪，但现今在樱树下沐浴花雨的人们都是一脸笑容明亮。

到了晚上，便有一盏盏樱色的纸灯沿着高堤亮起，映照着花瓣一路飘洒到堤外的夜市。在小城，露天夜市一般只有节庆的日子才能摆设，这就更让人兴奋，无论买的还是卖的，其实主要都是为了赶热闹。当然，观樱季节的夜市还是比较雅静的，7月间的盂兰盆节、8月间的焰火大会就大不同了，那时候，高松池的堤内堤外以及盛冈市的市内市外都会和夏日的季节一样热烈。

但我记忆最深的还是高松池边那些平常的日子。朝霞或是落日余晖倒映湖中的时候,你在湖边漫步,登上高堤,走过护堤栏阶,便走在绕湖铺设的石子路上。转过湖心岛凸出处,可以看到几块似乎是有意保留下来的沼泽,若断若续,浅浅的水面上铺着木板桥,远近的水草丛里时而挺出几枝芦苇,摇摇曳曳。迎面走来的人都会打个招呼,道一声"早安",或者说一句"晚上好",有时搭讪多说几句,就自然成为熟人。这在东京、大阪那样的大都市是不能想象的,住在大阪的那几年,同一幢楼里的居民见面也很少招呼,更不要说走在公园里、街道上的路人。地铁车站里人和人摩肩接踵,但人人都对周围视而不见。现在我能够记得起的只有千篇一律的面孔和整齐划一轧轧作响的脚步声。

我和妻是在湖边认识藤田老人的。每天清晨,都看到藤田老人在晨光里赶来,在高松池边的护堤栏阶处停住,就有一只长尾乌鸦欢快地飞来,落在她的近旁,藤田老人从口袋里拿出面包屑等食物给乌鸦喂食,我们走过去看,乌鸦不惊不飞,藤田老人也不因为我们是外国人而感到陌生,我们就像熟人一样,从乌鸦说到各自的来历和见闻,然后老人就把我们介绍给她的朋友,有的已经是湖边常见的熟人,有的则说:高松池啊,平时不大去呢,但天鹅飞来的日子除外。

盛冈城地处北纬 40 度,和北京差不多,但因为离海较近,冬季虽然多雪,气温并不很冷,每到秋末冬初,便有天鹅从西伯利亚飞来,先是一只两只,随后就成群结队。绕城流过的北上川经冬不冻,高松池湖面则会结成薄冰,但临近半岛的弯曲地段总会有一片不冻的湖水,像是有意给天鹅准备的栖息之地。

天鹅给小城带来的欢乐和兴奋是难以言喻的。晚上,人们在天鹅的叫声中入梦,清晨则会被天鹅早早叫醒。而高松池边,早、午、晚都会聚来很多人,男女老少,或喂食、或敲冰,没有市、区政府组织动员,大家都是自愿来的,都要给远来的客人创造一个好环境。藤田老人说:以前天鹅并不在这里落脚,以前岩手县开矿造成的污染也是很严重的,这些年河流、湖泊都治理好了,天鹅才留下来了。旁边一个人插话说:今后天鹅年年都会来的。看着湖边这些人的热情投入,以及他们节日般的喜庆情绪,我相信他的话。

来盛冈之前,我曾在东京小住了几天,那里的朋友惊讶地看着我:你去盛冈?那里是 Inaka 呀!Inaka,日语的汉字写成"田舍"(田舍),就是乡下的意思。在盛冈住下来后,我感到东京的朋友有些言过其实了,盛冈市内的现代化设施一应俱全,和东京其实只有规模大小之别,但人们的生活方式,确实还遗留着浓厚的田舍风,即如高松池边的风景,就很像旧日村落里公用池塘或水井旁形成的社会空间。相对于现代化大都市,这也许会被看作是"落后""土气",但恰恰是这些还没有被现代化彻底收编的场所,让我获得另外一个接触、理解日本的途径,看到了日本的别一种景观。如果我一直住在东京、大阪那样的大都市里,我对日本的感知该会多么单调刻板?若干年后,我仍为有机会来到盛冈小城而深感庆幸。

远方天空那绚丽的云彩

但少年啄木的憧憬在都市。1902年,作为盛冈中学四年级学生的石川一(啄木的本名),已经在校园小有文名,他和同学一起编辑手抄本杂志,组织短歌吟咏会,并在当地最大的报纸《岩手日报》上开辟了同人诗歌的专栏;这年10月,石川的一首短歌发表在东京的著名文学杂志《明星》上,鼓舞了他远走高飞的决心,他提交了退学申请,月末只身奔赴东京,企望从此一展文学志向。

其实,到盛冈中学读书,对啄木来说就是一次由乡到城。1886年2月,啄木出生于岩手县南岩郡日户村,那是一个远离城镇的僻远山村,村里有一座寺庙,名常光寺,属曹洞宗,啄木的父亲石川一祯是寺里住持。啄木百周年生诞之前,岩手大学研究日本文学的家井教授曾开车带我前往寻访,那里连寺基都早已荡然无存,只有几株苍然的老树,默默地面对偶尔过往的行人。

当然,准确地说,日户村不能算是啄木的故乡,他出生一年以后,父亲便从这里转往北岩手郡的涩民村,任该村宝德寺的住持,家人也相随迁往。据今井泰子教授考察,涩民因 18 世纪 30 年代设置驿站而得名,随后借交通之利渐渐发展成为热闹的村镇,一直到江户幕府的末期,涩民村在日本东北地区都属于经济、文化比较发达的村镇之一,村内有数所类似中国私塾的"寺子屋",而进入明治时期不久,这里便设置了"涩民寻常小学",据说是全郡最早设置的六所小学之一。今井教授说,石川的父亲从日户村到涩民村,应该算是"荣升"。在啄木后来的诗作里,涩民村和盛冈城都是他反复歌咏的眷恋之地:

涩民村,处处令人眷恋	かにかくに渋民村は恋しかり
梦里河流	おもひでの山
记忆中的山峦	おもひでの川

(《一握砂》第二〇一首)

啄木在涩民村度过了幸福的童年时光,父亲做住持的宝德寺占地面积比常光寺大了一倍,施主也比原来多了三分之二。1971 年,今井泰子教授曾经走访过几位对旧日涩民村生活有所了解的老人,据他们说,那时候的村寺住持,和地主、医生一样属于村里的特权阶层,而住持所掌管的是精神信仰,是村民祖先的护灵人,就更具有特殊的权威地位。住持的儿子被尊称为"寺里的少爷",农民的孩子则被叫做"鼻涕鬼",从这称呼中可以看出二者的身份差别。石川啄木五岁入小学后被誉为"神

童",除了他的天资聪颖,肯定也包含了村人对他家庭出身的崇
敬。并且,啄木是家里唯一一个男孩,不仅父母和两个姐姐对
他宠爱有加,连妹妹也要事事让着他。在这样的优越条件中成
长,对啄木来说是幸运还是不幸? 经历了人生辛酸之后,啄木
回望童年,曾诵出这样的诗句:

那神童名称的　　そのかみの神童の名の

悲哀啊　　　　　かなしさよ

归乡为此哭　　　ふるさとに来て泣くはそのこと

(《一握砂》第二五○首)

　　不过,啄木决心奔赴东京的时候,似乎对故乡没有什么眷
恋。此前一年,在校园手抄本杂志《尔伎多麻》上他写下这样的
诗句"你看见了吗/天空中那绚丽多姿的云彩/它们正飘向理想
的国度"(見ずや君そらを流れしうるわしの雲のゆくへの理
想のみ国。作于 1901 年,中文为崔琦译),其中已经表露了对
异地的热烈向往。那时的啄木正醉心于以与谢野宽、与谢野晶
子夫妇为核心的《明星》诗派的浪漫诗风,同时又极为倾慕评论
家高山樗牛的学说,尤其是樗牛所鼓吹的尼采的"超人"论,让
这位曾经有过"神童"美誉的少年特别心动,而啄木内心的"天
才"意识一旦被唤醒,就不再能忍受中学校刻板的课堂生活。
进入盛冈中学以后,啄木的学习成绩本来是比较优秀的,渐渐
便因为沉浸于诗歌和爱情而荒疏了课业,为了通过期末考试,

他甚至在考场作弊,遭到了学校的处分,这是导致啄木退学的原因之一,后来,啄木回忆起这一时期的生活,心情似乎是颇为沉重的:

早早体尝了恋爱的甜美　　先んじて恋のあまさと
和悲伤,我　　　　　　　悲しさをしりし我なり
也比别人先老了　　　　　先んじて老ゆ

(《一握砂》第一八八首)

但在决定退学的当时,啄木的情绪是兴奋高昂的,他的眼前满是飘飘彩云,有一种"要与大宇宙融为一体"的感觉,又怎会顾及身边俗事的琐屑呢? 他给一位同学细越写信说:让我们一起走上文艺之路吧,将来庆贺伟业铸成的凯旋之杯高高举起的时候,请你不要忘记,在那里相会的定会有此一人。当时的啄木自然不会想到,伴随近代资本主义而兴起并广泛流行的文学天才论,本来就是出版资本所掌控的市场运动的产物,它刺激起无数人的梦想,却只满足极少数人的欲望。啄木不是少数的幸运者,这位刚满十六岁的少年,很快就知道了"东京居大不易",文学才能未得施展,在困顿中又不幸患病,最后不得不铩羽归乡。

1903 年 2 月,啄木的父亲把啄木从东京接回涩民村静养,为了凑够旅费他变卖了寺院管地的树木,由此惹起村民的不满,一年以后,啄木的父亲因为未能按期交纳宗教费而被免去

住持之职,据说也与此事不无关联。1905 年 3 月,啄木一家被
迫搬出宝德寺,5 月,啄木的第一本诗集在东京出版,诗集题名
《憧憬》,似乎与他的现实处境构成了一种讽刺。6 月,啄木和中
学时代的恋人堀合节子结婚,但他却借故拒绝出席结婚典礼,
其中原因,后来的研究者有种种猜测,抛开具体细节不论,如果
说这一行为表明啄木的生活态度由憧憬转向了恐惧,应该大致
不错。这年啄木刚刚十九岁,在父亲的羽翼下悠闲度日的生活
就画上了句号,一家人的生活重担都压到了他稚嫩的肩上。

1906 年,啄木获得涩民寻常高等小学代课教员职位,而在
东京的文坛和媒体上,夏目漱石、岛崎藤村的小说正风靡一时,
啄木也从诗歌转向小说。他写作不辍,却没有获得预期的成
功,为父亲恢复原职的努力也以失败告终。1907 年年初,啄木
的父亲离家出走,母亲到姐姐家寄居,啄木带妻子、妹妹赴北海
道另谋生计。一家离散。

离开涩民之前,啄木在日记里写下这样的文字:

后世史家终将这样记载:啄木,曾在涩民村大字十三
地割二十四番地(十番户)居住一年零两个月。

他肯定没有想到,这是永远的离乡。

此后,啄木先是在北海道的函馆、小樽、钏路各地辗转,工
作时断时续,生活贫病交集,1908 年 4 月孑然一身漂泊到东京,
本想以小说文稿谋生,却不被报刊和出版业界接受,只能靠朋

友接济，艰难度日。

　　但也就在这一时期，啄木创作短歌的诗思如泉涌，1908 年 6 月 23 日，从深夜到翌日凌晨，他一连写出短歌五十五首，24 日上午，又写出了五十八首，但有的诗稿写完后，又涂抹掉了。到了 25 日，包括涂去的诗稿在内，共得短歌一百四十二首。这些作品后来大都收入短歌集《一握砂》题名为《烟》的一辑中，列在这辑首篇的短歌这样写道："生了病似的／思乡之情涌上来的一天／看着蓝天上的烟也觉得可悲"（病のごと／思郷のこころ湧く日なり／目にあをぞらの煙かなしも　《一握砂》第一五二首，周作人译）。啄木动了诗兴，也动了乡愁，二者激荡鼓舞，故乡由此进入了他的梦境和诗境。

三行短歌的节奏与望月教授的读法

可能细心的读者已经注意到,在我说到诗人啄木的时候,有时会在前面加一个限制词,称他为"短歌诗人",这是在汉语脉络里便宜行事的处理,而在日语的脉络里,"诗"和"歌"其实是有分别的,前者一般多指传统的汉诗和近代兴起的口语自由体新诗,后者则指和歌。在日本,诗作者称诗人,和歌作者则通称歌人,啄木既写新体诗也写和歌,笼统称他为诗人并无不妥,同时也可免去汉语中容易出现的把"歌人"当作"歌手"的误会,但在啄木的作品里,毕竟和歌的数量最多,且以此名世和传世,所以,想了解啄木,是不能不了解和歌的。

和歌的"和",是日本大和民族的"和",在近代以前,相对于汉诗,专指用日本本土语言创作的诗歌。和歌一般每句有五或七个音节,每首的句数则长短不拘,可以无限往复,但最为流行的则是五句三十一音节体式,称短歌,当然,还有一种比短歌更短的体式,一首只有十七音节,那是"俳句"。近代以后,由于体式自由的新诗兴起,音节数有限制的和歌与俳句都被称为"定型诗"。和中国的格律诗相似,定型诗的格式已经确定,书写起来自然不必考虑断句分行,所以,短歌书写一般都是首尾一行,只有在读的时候,才按照五七五七七句式吟诵。

但啄木却把三十一音节的短歌分成三行来书写。日本很多评论家和研究者都把这视为啄木对短歌表现形式的革新,最早把啄木短歌翻译成中文的周作人1922年也介绍说:啄木的短歌"不但是内容上注重实生活的表现,脱去旧例的束缚,便是在形式上也起了革命,运用俗语,改变行款,都是平常的新歌人所不敢做的"。其中所谓"改变行款",说的自然是三行体式,而周氏在翻译啄木短歌时,也都按照原作的体式,分三行书写。

周氏用白话翻译,保留啄木短歌的三行体式并不困难,而他在五四时期翻译日本的短歌俳句,主要目的是为了给中国的白话诗引进新的诗型,采取这样的策略也自有其积极的意义,但另有译者更希望保留短歌的"定型"特色,便到中国古代诗歌中寻找资源,比如丰子恺翻译《源氏物语》,就把其中的和歌译成了五言或七言的两句,彭恩华的《日本和歌史》也采取了类似译法,如啄木《可悲的玩具》第一首作品:呼吸すれば / 胸の中にて鳴る音あり / こがらしよりもさびしきその音! 在彭氏的著作里便译成了七言两句:呼吸时分胸中鸣 / 凄绝甚于秋风声。这样的译法,定型格式的味道有了,但啄木有意运用的三行书写的款式却不见了,翻译的两难,处处都遭遇得到,无怪周作人屡屡感叹诗歌的不可译。当然,知其不可为而为,是翻译者的宿命,乐趣也在其中,本文引用啄木的短歌,之所以尽量附上日文原文,除了我自己翻译的,其他都注明译者,就是希望能有更多的同好者推敲品鉴,再来尝试。

不过,按照望月善次教授的说法,啄木短歌的三行书写款式,从艺术表现论的角度看,其实算不上什么革新。他认为没有必要对此过分称扬,因为啄木的这一尝试,并没有成为短歌艺术革新讨论的重要话题,也没有动摇短歌诗型的根本。

那么,啄木吟诵自己作品的时候,是按照什么节奏读的?是传统的五七五七七句式,还是他创造的三行句式?望月教授说,这是一个非常有意思的问题,可惜已经无从确认,因为在啄木留下的文字里没有这方面的记载。不过,望月教授沉吟了一会又说:我们还是可以试着推测一下,从啄木对短歌定型体式的良好感觉和准确把握看,在写作时,他内心里存在的应该是传统的五七五七七句式,而他用三行书写,显然是有意识地想要动摇传统的定型句式,造成一种"破格",我们读啄木短歌,应该读出这个过程,而不能仅仅看最后落在纸面上的文字形式。那么,怎样才能读出这个过程呢?望月教授说:对于我们这些对短歌传统诗型的感觉没有那么良好的人来说,读啄木短歌,最好还是先按五七五七七句式念,同时注意诵读的声音节奏和分三行排列的文字形式之间的错位,留心体会二者之间的交响,那样,就可以很好地领略啄木短歌的韵味了。

　　故乡的口音可怀念啊　　ふるさとの　訛りなつかし

到车站的人群中去	停車場の　人ごみの中に
为的是听那口音	そを聴きにゆく

一个雨后初晴的秋日下午，太阳在西，面东朝向的研究室窗口一片蔚蓝，明亮的光线柔和地流动，望月教授轻轻地吟诵起啄木那首著名的望乡短歌，声音略有些沙哑，沉缓顿挫，把人自然带进了诗的情景里。望月教授本人就是一位优秀的歌人，他从大学时代开始创作和歌，并因沉迷和歌而从历史系转到国文系。他的家庭似乎也有浓厚的诗歌氛围，在一本书的前言里，他曾引用过自己母亲的一首短歌：缺衣少食战后日 / 短歌相依度人生（食もなく着るものもなき戦後より短歌に頼りて歩み来にけり）。望月教授谦逊地说母亲的诗句写得很朴素，但不必说，这朴素的诗句始终敲击着他的心，成为他写作和歌的动力之一。

望月教授所在的教育学部，和我当时任职的人文社会科学学部比邻而居，也许在校园里曾经不止一次擦肩而过，但真正留下印象，却是在教育学部召开的一次日本语文研究会上。望月教授站起来讲评一位教授的发表，他身材修长，鬓发略染秋霜，说话文雅而谦和，但思路细密严谨，明敏犀利，讲评时指出问题一针见血，让人敬重之中不免有一点畏惧。那次会上，我们似乎是相互介绍了一下，但以后并没有什么联系。

我和望月教授来往渐多，是在离开岩手大学回国工作以后，那时，他被选为教育学部的部长，正在积极推动国际性的学术交流。日本大学的教育学部,相当于中国大学里的师范学院,学科设置主要对应中学教育,自然没有中文系,但作为日本的国文学研究者望月学部长却不把自己拘囿于"国"的边界之内,而是鼓励国语国文学(也就是日本语日本文学)专业的学生学习中文,也积极接受来自中国的留学生,清华大学中文系有两位研究生到岩手大学留学,就是望月教授亲自指导。这两位学生的第一外语都是英语,进入硕士课程后,因研究题目和日本有关,才开始学习日语,刚刚学了初级文法,就去留学,又是在以严肃认真著称的望月教授门下,说实话,我是颇有一些担心的。学生们开始发回的电子邮件,确实主要都是诉说上课时的窘态,但很快就摆脱了紧张,说的都是在课堂上望月老师如何耐心地听她们笨拙的日语,鼓励她们大胆发言,后来,就是谈参加望月老师主持的啄木短歌读书会的乐趣了。可以想象,在学生们快速进步的后面,望月教授付出了多少辛劳。

2004年2月,我应邀参加岩手大学教育学部的学科评估,从北京乘飞机到仙台再转新干线,到达岩手大学会馆时天色已晚,又正逢这个地区多雪的季节,雪花纷扬,暮色就更显得浓重,前来接站的同学帮我安顿下来后告诉说,望月老师明早七点半来接,然后一起早餐,我也正想当面向他郑重致谢,自然愉快答应。大学会馆没有值班的服务人员,我特意上好闹表,第二天早晨,按照约定时间提前五分钟下楼,却看到望月教授早就来了,正在会馆门前用一柄长锨一锨一锨地铲雪,天色放晴,但仍有雪花飘落。见我出来,望月教授赶紧放下长锨,招呼上车,望着他诚挚温厚的笑容,我心里准备的致谢话一句也说不出来。在餐厅坐下,简单的寒暄之后,我们谈起了石川啄木,那是我向望月教授请教日本诗歌的开始,而那以后,啄木便成了我们长久谈论的话题。

乡愁诗的解体

　　1908 年到了东京以后，石川啄木的写作到了一个爆发期，不仅短歌思如泉涌，小说作品也陆续在报刊上登载。1909 年 2 月，啄木通过一位同乡的介绍，谋得东京《朝日新闻》的校对职务，总算有了稳定收入，但生活仍不宽裕。同时也因为不愿承担生活责任的"寺里的少爷"习性，他迟迟不肯把家人接来同住，也不去考虑解决寄居在北海道的家人的困难。但这年 6 月，母亲、妻子却带着孩子不请自来，一家四口，生活压力骤然加重，啄木不得不晚上也到报社加班：

在拥挤的电车的一角里　　込み合へる電車の隅に

缩着身子　　　　　　　　ちぢこまる

每晚每晚我的可怜相啊　　ゆふべゆふべの我のいとしさ

　　　　　　　　　　　（《一握砂》第二十一首，周作人译）

　　一个充满幻想的浪漫诗人，就这样变成了都市上班族里的

一员,每日挤乘汽车电车,有时夜间加班太晚,回家时"中途没有换乘的电车了 / 差不多想要哭了 / 雨又在落着"(途中にて乗換の電車なくなりしに/泣かうかと思ひき/雨も降りてゐき 《可悲的玩具》第十五首,周作人译),那内心的酸楚,更可以想知。但即便如此,生活境况也没有改观,在茫茫的大都市里,啄木有时甚至会无聊地去查点那本来无法数清的一幢幢住宅,但"即使数遍这都市里所有的房屋 / 也没有我的安身之处"(家といふ都の家をことごとく数へて我の住まむ家なし。)

日复一日,啄木忍受着生活的重压,搁置自己心爱的文学,埋头繁琐而单调的文字校对,内心其实是不平静的:"来到镜子店的前门 / 突然地吃惊了 / 我走路的样子显得多么寒伧啊"(鏡屋の前に来て/ふと驚きぬ/見すぼらしげに歩むものかも 《一握砂》第三十八首,周作人译)。对镜中返观到的"我"的惊诧,流露着啄木对消磨于都市灰色生活的焦虑,而在下面这首短歌里,啄木的这种焦虑表现得更为明显:

时常在电车里遇见的那个	いつも逢ふ電車の中の小
矮个子的	男の
含怒的眼睛	稜ある眼
这阵子使我感到不安了	このごろ気になる

(《一握砂》第三十七首,周作人译)

周作人把"稜ある眼"译作"含怒的眼睛",似乎有一点过,

"稜ある"在日语里一般表示不够温和,不够圆滑,太有棱角,在这首短歌里,"稜ある"用来形容一个经常碰面的男人的目光,应该主要是"严肃""严峻"的意思,不大可能是横眉立目的发怒。短歌写于 1909 年 4 月 2 日,是啄木获得《朝日新闻》报社的校对职位,已经每日在上下班的电车里摇晃了一个月之后,他"时常在电车里遇见的"那个矮个子男人是谁? 无从考察,也无须深究,可能就是啄木本人的幻象和分身,但通过这样一个"他者"的眼睛,啄木表现了自己意识深层的复杂状态:不得不沉浮于都市,而又不甘于沉浮都市。而在这样的文脉中,"故乡"意象在啄木短歌中凸显出来:

盛冈中学校的　　　　　盛岡の中学校の
露台的栏杆啊　　　　　バルコンの
再让我去倚一回吧　　　欄干に最一度われを依らしめ
　　　　　　　　　（《一握砂》第一七二首,周作人译）

夜里睡着也吹口哨　　　夜寝ても口ぶえふきぬ
口哨乃是　　　　　　　口ぶえは
十五岁的我的歌　　　　十五のわれの歌にしありけり
　　　　　　　　　（《一握砂》第一六二首,周作人译)

　　昔日曾经令啄木厌恶的故乡,以及那里的人和事,在短歌里都化作了甘美的记忆。单从上面这些诗句看,不难感受到很浓郁的乡愁，但正如望月教授提示的那样，啄木的短歌不适于一首一首分开来独立阅读，啄木不是在一首作品上反复推敲的苦吟歌人，他擅长成组创作，而这样写出来的作品，每首之间都有某种关联。当然，现在我们看到的啄木短歌集，都是经过诗人重新编辑的，在编辑过程中，有些打破了写作时的排列顺序，但在重新组合时，啄木仍很注意每首或每组之间意象或意脉的联系，所以，读啄木的短歌，应该注意每首之间的相邻性，当作组诗来读。

啄木的怀乡短歌，大都收在第一本短歌集《一握砂》的第二辑里，在东京大学小森阳一教授看来，这辑的标题《烟》是解读啄木的一个关键词，而收在《烟》里的第一首作品，以"生病"比喻"思乡之情"（生了病似的 / 思乡之情涌上来的一天 / 看着蓝天上的烟也觉得可悲），也有深意寄存，表明啄木很清楚怀乡是一种现代病，所以他在抒写怀乡情思的同时，不断地提醒回归故乡的不可能："轻轻地叫了自己的名字 / 落下泪来的 / 那十四岁的春天，没法再回去的呀"（己が名をほのかに呼びて / 涙せし / 十四の春にかへる術なし 《一握砂》第一五三首，周作人译）。确切地说，啄木很清楚自己向往的故乡，并非往昔实际经历过的地方，更不是可以归去的真实所在，他的"故乡"，只是通过记忆中介构成的意象，并且是只能在都市感知的意象；即如故家檐头黍叶的响声，只有在都市秋风吹起的时候，才会在记忆中苏醒：はたはたと黍の葉鳴れる / ふるさとの軒端なつかし / 秋風吹けば（《一握の砂》第二七〇首）。这首短歌的第

一句写屋檐黍叶的声响,似乎是即景写生,读到第二句知道那其实是幻觉,是回想;置身都市的诗人,为什么突然想起了故家檐头的黍叶声音呢? 第三句的"秋风吹起"暗示了原因。

　　素以直译著称的周作人,在翻译这首短歌时,不知出于什么考虑,挪动了诗行的顺序:秋风吹起来的时候 / 黍叶叭哒叭哒地响 / 故乡的檐端很可怀念啊。原作最后一行被提到第一行,意义脉络上的因果关系更为显豁了,但原作的味道却难免被冲淡。原作由果溯因的结构,不仅比译作由因到果的直线逻辑显得曲折摇曳,更重要的是暗示了一个由幻到真、由梦到醒的过程。啄木对自己所处的真实状况显然是清醒的,所以,当动了乡愁的时候,他没有走向归乡之路。按照小森阳一教授的分析,本文开头引用的啄木那首短歌,应该做另外的解读:故乡的口音可怀念啊 / 到车站的人群中去 / 为的是听那口音。在车站,啄木能够听到的是什么呢? 只能是来自没有特定所指的人群、已经和具体的说话人分离开来了的"口音",其实也就是脱离了故乡土地的"口音"。从这样的意义说,包括这首名作在内,啄木的望乡题材作品,是在抒写乡愁,同时也意味着乡愁诗歌的解体。对于啄木来说,"故乡"不仅仅是思念的对象,同时还是与自己身在其中的都市生活的一种对置。而啄木本人,既不肯认同现代都市,也不会归返田园做隐士,用小森教授的说法,他是在固执地拒绝被同一化,是一个自觉放逐的流散者。

文化消费的超越

　　如今，从涩民村到盛冈市，石川啄木的足迹是清晰可见的。这当然是经过人工浓重勾勒的结果。在盛冈市中心街道一个很显眼的街角，竖立起啄木正在行走的铜像，据说这是当年他上学路过的地方。啄木在盛冈市寄居过的房屋，已经开辟为纪念馆，甚至啄木妻子故家的旧址，也竖立了一个标示牌。如果你到盛冈车站寻找旅游指南，则可以看到，凡是和啄木有关的地方都做了突出介绍。而每逢啄木生诞或逝世的纪念日，市民团体、新闻媒体都会举行活动，铁路局和旅行社则是积极的参与和筹划者。1995 年，为纪念啄木逝世八十五周年，著名记者增田玲子曾乘坐新干线从东京出发，到岩手县寻访啄木的故乡，随后发表的随笔中插入的照片，据说都是她从车窗望到的风景。

　　1996 年是啄木诞生一百一十周年，纪念活动自然更为盛大，国家电视台 NHK 盛冈分局和啄木纪念馆联合制作了啄木短歌赏鉴的专题节目，每日一分钟，短歌朗诵、赏析配合着岩手地区优美的风景画面,再加上主持人富有魅力的声音,确实让人产生了这样的幻觉:诗人啄木今天仍在故乡的街头漫步。后来根据专题节目整理出版的书,也基本保持了短歌与画面结合的特色,用筹划人的话说,这书同时也是一本"新形式的观光指南"。望月教授也是市民阅读啄木活动的积极筹划者,1993年他在岩手大学教育学部发起举办了以"石川啄木的世界"为题的公开讲座,邀请校内外学者面向市民讲啄木,随后,又和啄木短歌的同好者组成了一个学习会,定期聚会交流心得。

啄木和他的短歌可谓是荣归故里,随着现代传媒、交通和旅游业的发达,在故乡被反复地再生产、流通消费。这是啄木的幸运还是不幸?我曾多次想就此和望月教授讨论,但每次都欲言又止。平日接触,我知道望月教授绝不随意臧否人物,言谈也很少涉及社会时政,我想询问的话题,也许并不在他的关心范围之内。但当我读到他创作的短歌集《评传·冈井隆》之后,才知道自己的猜测包含着很大的误解。

这是一部构思别致的歌集,望月教授首先从现代著名短歌诗人冈井隆的随笔、诗论等散文类文字中选出若干片断,以此作为媒介,生发想象,驰骋诗思,咏出了三百余首短歌。这些作品,涉及冈井隆生活与文学的诸多方面,也抒写了望月本人的心声,是短歌形式的"评传",也可说是"评传"形式的组诗(歌)。其中特别引起我注意的是,作为一位"国文学"研究领域的学者,望月教授不仅对冈井隆针砭国粹史观、批判国家主义思想的言辞表现出强烈的共鸣,还写出了批判锋芒更为犀利的诗句：

> 《古事记》也是一个虚构。如果说日本民族从那里发源，那是可笑的，但那里确实潜藏着我们内心的梦想的原型。（冈井）
>
> 在死尸累累的日本土地上高唱赞歌 / 樱花绽放（望月）

读了这些诗句，我对望月教授有了更多的了解。他在短歌意象与音韵的世界里低回流连，也深切关心着社会，这两者对于他并无矛盾。望月教授甚至摘引了冈井这样的言论："我赞成建设一个令人自豪的国家，但是，如果黑暗统治因此恢复，那我也许更想选择（国家）灭亡。"表明他对日本现实状况怀有深刻的忧虑。自然，望月教授不是奔走呼号的社会运动家和放言高论的批判者，他有自己坚守立场的方式，他主要还是在一个教育者的位置上，通过日常工作来实践自己的理念，组织市民阅读啄木，应该也是这实践的内容之一。望月教授组织的啄木学习会，成员有在校学生，也有公司退休职员、家庭主妇，大都是短歌爱好者，而非专门的研究家，但在望月教授看来，恰恰是这些成员的非专业性具有不可忽视的优势，他一再强调参酌各自的人生经验阅读啄木的必要，还鼓励大家写作短歌，争取能够从写作主体的角度去体会啄木。这个小小的学习会人数不多，不事张扬，但从 2000 年 9 月开始至今，从未间断，在学院文学教育和在地的市民生活联系方面,积累了扎扎实实的经验。了解了这个学习会的活动,我觉得已经无须提出我的疑问,他们的做法,不正是对那种仅仅把啄木作为文化消费行为的一种有效抵制?

为了把大学课堂向社会敞开,望月教授还应当地的报纸《盛冈时报》之约,开设了"啄木短歌鉴赏"专栏,从 2001 年 4 月 1 日开始,每日一首,既要把啄木作品译成现代日语,又要加上评释、赏析,而每篇必须限定在四百字之内,难度无疑是很大的,望月教授写来却从容不迫。"专栏"最初计划连载一年,因为受到读者欢迎而无法中止,望月教授本人也发愿要把啄木的短歌全部评释一遍,连载于是得以延续;据统计,啄木短歌共有四千一百二十四首,除有七百四十五首在诗人生前选编进《一握砂》《可悲的玩具》两部歌集,其余都没有单独结集出版,也因此而被长期忽视,所以,望月的评释工作就从"歌集之外的短歌"开始。到 2004 年年初我们见面的时候,《盛冈时报》的连载已经超过一千首,按照原作的写作时间顺序排列,正好到了啄木再次来到东京的 1908 年。

向闭塞的时代宣战

频繁在啄木短歌中出现的"故乡",是否只具有把现代都市相对化的意义,似乎还有进一步讨论的余地。至少我们应该注意到,啄木游走在城乡之间,自己其实也在不断地被相对化,在饱尝了人世间的辛酸之后,他开始了对自我的反省,当年老师的逆耳之言,现在回想起来也有了新的理解:一个老师告诉我 / 曾有人恃着自己有才能 / 耽误了前程(己が才に身をあやまちし人のこと/語り聞かせし/師もありしかな 《一握砂》第一八二首,周作人译)。而对曾经争吵过的同事的恨怨不仅早已消失,甚至还生出了怀念之情:争吵了一场 / 痛恨而别的友人 / 我觉得他可怀恋的日子也到来了(あらそひて/いたく憎みて別れたる/友をなつかしく思ふ日も来ぬ 《一握砂》第三五二首,周作人译)。下面这首收录在《一握砂》里的短歌,应该也是同一脉络的产物:

借了少许的钱走去了的　　　いささかの銭借りてゆきし

我的友人的　　　　　　　わが友の

后影的肩上的雪　　　　　後姿の肩の雪かな

《《一握砂》第三四四首，周作人译）

　　望着借了钱后匆匆离去的朋友的背影，自己的内心很感宽慰，对于经常靠向别人借贷度日的啄木来说，这可能是很少有的经验。而短歌的构思无疑是很精彩的，虽然从语义层面看，全篇好像只是脱口而出的一个长句子，但放置到五七音节的格式中便产生了特别的回响；并且，短歌没有一般地描写友人背影，而是把视点聚焦到友人的肩，特别是那渐行渐远的肩上的雪，通过这种"举隅"或曰"提喻"的修辞，不仅在构图上增添了亮色，还融进了瞩望者的深切关心和莫名怅惘，让人特别心动。

　　但关于这首短歌还有另外一种解释，认为歌中的"友人"形象更接近啄木本人，也就是说，曾饱尝举债辛酸的诗人，在这里有意离开了抒情主体的超越者位置，把自我相对化，从而吟诵出感恩友情的歌。结合啄木这一时期的思想变化，这样的读法也是可以成立的。据今井泰子的考察，重到东京以后，啄木开始有意识地克服自己从"神童"时代养成的自大和自负，以及"天才诗人"不负责任的放浪习性，特别是 1909 年 10 月发生的妻子出走风波，让啄木受到震动。这年 11 月，他发表诗论《寄自弓町——可以吃的诗》，谴责自己面对生活责任"表现得极端卑怯"，也反省自己以往诗歌的空泛和滥情，非常认真地提出了新的诗歌主张："双足立定在地面上歌唱。"按照今井泰子的分

77

析,啄木经历了这样的反省之后,他的"自我解放的欲求超出了个人的日常领域,转化为具有普遍性的问题"。

今井的分析基本把握住了啄木的思想脉络。尽管啄木提出的新主张认为诗应该"像我们日常吃的小菜一样",应该成为"我们生活的必需",但他的"生活之歌"并没有局限在身边琐事,他努力从生活的波痕涟漪中体察时代的风暴,有时则直接面对风暴本身。1910年,一个重大的社会事件吸引了啄木。这年5月25日,数百名无政府主义、社会主义者因被指控企图暗杀明治天皇而遭逮捕,幸德秋水等二十六名代表人物被起诉,引起社会震动,时称"大逆事件",啄木恰好就从这一时期开始有意识地搜求、阅读社会主义和无政府主义的书籍,而这些书是被政府查禁的,在他的短歌里,记录了当时的严峻气氛:红纸书面污损了的/国家禁止的书/从箱底里找出来的这一天(赤紙の表紙手擦れし/国禁の/書を行李の底にさがす日 《一握砂》第五〇七首,周作人译);禁止售卖的/书的作者/秋天早晨在路上相遇了(売ることを差し止められし/本の著者に/路にて会へる秋の朝かな 《一握砂》第五〇八首,周作人译)。

1910年8月,啄木动笔写作《时代闭塞的现状》,这是一篇思想评论,话题由所谓"自然主义论争"而起,实际上啄木回顾了明治时期日本的思想状况,特别是"明治青年"的成长历程。在啄木看来,"明治青年"出生于父兄一代创建的明治新社会,所受到的教育,一直是要为这新社会做出贡献,但青年们要求自己权利的意识也在这一期间萌生。啄木特别提出高山樗牛的个人主义论,认为其最早喊出了"明治青年"的心声。但是,啄木认为樗牛的个人主义最终还是破灭了,究其原因,主要在于樗牛思想内部存在不可解决的矛盾,樗牛把作为未来设计者的尼采误读成了迷信的偶像,尤其是他转向日莲主义之后,谋求与国家观念妥协,就更与"明治青年"的要求路分两途了。

了解啄木的人应该能够从以上的分析看得出,这其实也是啄木对自己思想历程的反思,他用"魔语"形容樗牛的思想,痛楚地道出了从樗牛思想的符咒中蜕变出来的艰难。当然,也正因为啄木不是作为旁观者,而是像舔抚自己伤口一样清理"明治青年"的思想状况,才切中了病症的要害。啄木认为,那种只顾一己之私而消极地和国家、社会疏离的倾向,是不值得肯定的,"明治青年"应该敢于直面社会,看清正是由于国家的"强权在社会各个层面的广泛渗透",造成了"时代的闭塞",明确敌人之所在,然后"一起奋起,向闭塞的时代现状宣战"。

啄木写作《时代闭塞的现状》的1910年,按照日本的纪年,是明治四十三年,也就是说,以"明治维新"为标志的日本社会改革与民族国家建设,已经进行了近半个世纪,日本基本完成了内部的社会统合,且通过中日甲午战争、日俄战争进入帝国主义列强行列,在亚洲最成功地实现了富国强兵的理想。向"明治新国家"认同,已经成为当时日本国内各阶层的普遍共识,甚至连感觉敏锐的文学家也不例外,其间虽然有人感受到了所谓现代性运动带来的负面结果,体会到了天皇制明治国家造成的普遍社会压抑,如夏目漱石、永井荷风等,但也仅仅限于用曲折委婉的笔致表达不满,像啄木这样,面对危险的"大逆事件",迅速做出反应,且能够从社会整体结构上进行分析判断,洞悉问题的根本所在,把批判锋芒明确指向国家的强权体制,这在当时的日本是非常罕见的。评论家平野谦说,此时的啄木"已经超出了一介诗人的领域,显露了一个社会思想先驱者的面貌",绝对不是夸大其词。

而此时的啄木还努力尝试着把思想付诸行动,1911年1月3日,他拜访"大逆事件"辩护人平出修,借阅幸德秋水的答辩书和狱中书简;13日,和友人土歧哀果筹划创办《树木与果实》杂志,拟以刊载短歌为主,目的则在培育青年读者的社会批判意识。尽管每天在报社校对的工作繁重,困顿的家庭生活也毫无改善,啄木却义无反顾地为实现这一构想而奔走。但现实处境日益严酷,1911年1月18日,幸德秋水等人被判处死刑;啄木筹划的杂志创刊无望,长期带病的身体却愈发不适,1911年2月4日,他不得不住进了医院,但在病室中仍坚持抄录、整理《平民新闻》上关于"大逆事件"的报道。通过阅读"禁书",啄木虽然卧病在床,目光却已经越出了国界,他联想起半个世纪以前的俄罗斯革命运动,思考日本的社会问题,思绪浩渺,化为诗句。6月15日,啄木开始写作组诗《无结果的议论之后》,其中的一首这样写道:

我们且读书且议论,

我们的眼睛多么明亮，

不亚于五十年前的俄国青年，

我们议论应该做什么事，

但是没有一个人握拳击桌，

叫道："到民间去！"

我们知道我们追求的是什么，

也知道群众追求的是什么，

而且知道我们应该做什么事。

我们实在比五十年前的俄国青年知道得更多。

但是没有一个人握拳击桌，

叫道："到民间去！"

聚集在此地的都是青年，

经常在世上创造出新事物的青年。

我们知道老人即将死去，胜利终究是我们的。

看啊，我们的眼睛多么明亮，

我们的议论多么激烈！

但是没有一个人握拳击桌，

叫道："到民间去！"

啊，蜡烛已经换了三遍，

饮料的杯里浮着小飞虫的死尸。

少女的热心虽然没有改变，

她的眼里显出无结果的议论之后的疲倦。

但是还没有一个人握拳击桌，

叫道:"到民间去!"

昂扬亢奋的革命情绪,跃然洋溢在诗句里,而在啄木同一时期写作的短歌里,也可以看到同样的寄托。"革命",是啄木第二部歌集《可悲的玩具》中出现频率很高的词语和意象,他甚至想到要用因谋刺沙皇而被处死的俄国民粹派革命家索菲亚的爱称给自己的女儿命名:不知为什么,想给五岁的孩子 / 起个叫索尼亚的俄国名字 / 叫了觉得喜欢(五歳になる子に、何故ともなく / ソニヤといふ露西亜名をつけて / 呼びてはよろこぶ 《可悲的玩具》第一七七首,周作人译)。但是,啄木所理想的革命究竟是怎样的革命? 是反抗国家强权的社会运动,还是青年与老年的世代对峙? 这些,在他的诗文里表述得含混不清;同样,从组诗《无结果的议论之后》看,他呼号大家奔赴的"民间",也没有目标明确的指向。曾有评论家指出,啄木在《激论》里描写的"激论"场面,以及他在《墓志铭》中抒写的对"革命者"的哀悼,其实都不是出自诗人真实的生活经验,而是带有异国情调的想象。

我们没有权力以今天的后见之明,指责先驱者的粗浅或疏漏。后来的研究者屡屡说到的"啄木晚年",其实只是诗人二十四岁到二十六岁之间的事情,无论从何种意义上,啄木关于社会、革命与文学的思考,以及把这种思考融入诗歌写作的尝试,此时都只能说是刚刚开始。当然,这是亮丽而耀眼的开始,如同劈开层云的闪电,灿烂地绽开,也用尽了自己生命的全部力量。此时,那个时代的不治之症——结核病菌,深深地侵入了啄木和家人的肌体,残酷的命运给诗人留下的时间已经不多。1912年1月19日,啄木把在病室中完成的一篇随笔投寄出去,用预支稿费偿还借债;29日,乘坐黄包车外出,购买稿纸和克鲁泡特金的书,显然仍在构思新的写作,但病情越发严重,使他没有力气继续执笔。4月13日,上午9点30分,石川啄木与世永别,终年二十六岁。此前半年,他的儿子出生未满一个月便夭折;前一个月,他的母亲因老年结核病去世。而在啄木去世后的第二年,也就是1913年的5月,他的妻子也因结核病离开了人间。

啄木在病中写作的组诗《无结果的议论之后》共九首,其中六首在他生前刊载于《创作》杂志,但没有引起注意。论文《时代闭塞的现状》在诗人去世一年以后发表,而他整理的"大逆事件"资料,以及关于社会主义、无政府主义的笔记,则还要等待更长时间,直到20世纪50年代,才公开刊行。

但非常有意思的是,在中国,最早翻译介绍的却是啄木晚年的诗。1921年7月2日,啄木的《无结果的议论之后》发表在《晨报副刊》上,译者署名仲密,即周作人。随后,周氏又选择了啄木的《激论》等四首诗作,译载于《新青年》第九卷第四号。到了1922年,周作人的兴趣转向了啄木的短歌,他说:"啄木的著作里面，小说诗歌都有价值，但是最有价值的还要算是他的短歌。"周氏对啄木诗、歌看法的变化，是否和他五四时期的思想状态有关，不宜轻率下结论，但当时受到他影响的文学青年，却经历了一个路向相反的变化。典型的例子可以举出冯雪峰，20世纪20年代初，他和他的年轻诗友徜徉于西子湖畔的时候，他们的歌哭和歌笑，与啄木的短歌显然有很多共鸣。但到了20世纪20年代后期，冯雪峰能够翻译日文作品的时候，选择的却是啄木晚年的诗：《家》和《墓志铭》。那时的雪峰，面对中国大革命失败后的惨局，已经决心投身共产主义革命，啄木《墓志铭》中那位不尚空谈、敏于行动的唯物论者、工人出身的革命家，无疑成了他心仪的对象。大约同一时期，实际经历了大革命的血与火，潜行到上海倡导"革命文学"的钱杏邨也把目光投向啄木的诗，他在《关于俄罗斯文艺的考察》中谈及俄国"到民间去"运动的影响时，特别举出《无结果的议论之后》，称啄木是"革命的诗人"。啄木生前大概不会想到，他临终前写下的诗句，会如此热烈地点燃异国青年心中的火；当然更不会想到，这些和他一样憧憬"革命"且实际投身社会和文学革命的中国青年，在"革命"后的中国，仍然要走漫长的坎坷人生路，经受炼狱般的磨难。

到民间去，到民间去……

再到盛冈，恰逢中秋时节，刚有一场暴风雨过去，天色蔚蓝处明澈如洗，但远近都飘着云朵，像丰满的棉，层次丰富耐看。星期六的下午，新妻二男先生说：我们今天去山村走走。于是坐上他的车，出盛冈城，越过几片田野之后，地势便渐渐升高，树木也更为茂密繁盛，经夏历秋的枝叶多深绿，但远处的山腰山顶上，时有红色黄色闪烁。同行的数敏裕先生说：看呵，红叶的季节快到了。

啄木生活的时代，是否有赏红叶的习惯？好像他的诗歌里没有写到。

新妻先生一头白发，其实年纪并不大，脸色红润，精神健旺。和他最初相识是什么时候，记不清了，但记得他介绍自己的姓氏时开了句玩笑，让人一下子感到亲近。以后再见面，他总是笑着打招呼，声音洪亮、热情，非常有感染力，和望月先生的风格颇有不同。望月先生是长者风度,待人如细雨润物。新妻先生则显得更为豪爽粗犷,让人立刻可以称兄道弟。

新妻吸烟,虽然没有频繁到烟不离手,但偶有间歇便匆匆点燃,深深吸进再缓缓吐出,那神态,让旁边看的人也能分享到乐趣。新妻也喜欢喝酒,开始喝时神情端庄,也比平日更健谈,笑声爽朗,渐渐喝得多了,说话就渐渐少,但仍然笑,憨态可掬。和岩手大学的同事、朋友聚会,大家都希望有新妻参加。我很晚才知道新妻的专业是教育社会学,还兼任大学教育相谈中心的主任。这些也许是听说过的,但没留心,在我的印象里,记得最真切的还是酒会上的新妻。

但我们这次山村之行,既不是观赏红叶,也不是赶赴酒会,这次,新妻先生是要带我们看看教育社会学的"田野"。他不时地指点路旁的建筑,告诉我们那是什么镇什么村,那里有一个什么样的中学或小学,并随口说出一些老师的名字。我好奇地问他怎么这么熟悉,旁边的籔敏裕先生插话说,全县所有的市、镇、村里的中小学,没有新妻老师没走过的,还不止一遍吧?新妻先生说,少的也去过两三次吧。车进入山里,村落逐渐疏散,人家也越发稀少,这样的地方也有学校吗?我问。有,有复式小学。新妻先生回答。复式小学?这对我来说并不陌生,这样的学校,因为学生人数不多,两三个年级的学生混编在一个班,老师要同时给不同年级的学生上课,常常是上一年级课的时候,安排二年级学生做作业,上二年级课的时候,安排一年级学生做作业。在我的家乡,中国东北地区的农村,一些村落分散的地方,就设有这样的学校。但我没有想到,在"发达"的日本,也有复式小学。

在复式小学工作是很不容易的。我说。新妻先生说,是呵,生活艰苦,教育条件简陋,但也正因为如此,也真出现了一些了不起的老师。说着,新妻先生讲起了一位在山村复式小学任教的菅原老师,那故事非常感人。

当然,新妻先生向我们讲述菅原老师的时候,菅原老师早已退休,他1926年出生,经历过日本发动大规模对外侵略战争的年代,受到军国主义教育,满腔热情地投考陆军航空士官学校,1945年7月30日奔赴中国战场,随即因日本战败回国。战后,菅原成为教师,开始认真反省日本近代以来的国家主义教育,积极参与民主主义教育运动,因此受到打击和压制。在他的个人简历"曾经受到的奖励和惩处"一栏里,赫然写着:因参与教职员组合(工会)活动而受到县教委惩戒处分七次。即使如此,菅原老师仍然不屈不挠,退休以后,半身不遂,还以各种方式,参与市民、农民组织的活动,批判日本右翼势力否认、美化侵略历史的言行。作为一个曾经的"军国少年",菅原老师认为,军国主义教育的根本特征是让人盲信,而民主主义教育的精髓,则应该是培养孩子们独立观察思考。据说,在给小学一年级学生上第一节课的时候,他故意把一个假名写错,然后让孩子们判断,居然有多数学生认为老师正确,菅原表扬了少数几个敢于坚持自己看法的孩子,并以此启发学生一定不要盲信、盲从。

　　讲起菅原老师,新妻先生的话滔滔不绝,他说,在日本,中小学教师实行换勤制度,在一个县域内,几年调换一次学校,菅原老师退休前工作的最后一个学校:衣川小学大森分校,就是一个复式小学,从一年级到六年级,只有十一名学生。新妻说,一般会把偏远的山村孩子想象得闭塞无知,菅原老师完全没有这样的偏见,而他在大森小学,也确实遇到了有个性的孩子。一位名叫木绵子的学生,父母本来都是城里的上班族,为了脱离"白领生活"移居山村,他们希望自己的孩子在大自然里成长,而这个木绵子在老师发下的问卷上述说"我的梦想"的时候,第一条写下的就是"做一个普通老百姓"。但是,这个立志做普通百姓的学生,在期末文艺演出之前,却提出了一个大胆的要求:把以往由分校主任(也就是菅原老师)开会致辞的惯例,改为学生致辞,她还毛遂自荐,要做这个致辞人。菅原老师没有觉得木绵子是非分之举,他认为这个学生提出了一个非常重要的问题:学生应该做学校的主人。菅原老师鼓励了木绵子,而木绵子的开场致辞也给文艺演出增添了特别的光彩。后来,木绵子在城里读完高中,真的回到山村做了百姓,从事胡麻栽培,还组织了"全日本胡麻栽培论坛",担任事务局长,组织人去国外参观研修,在衣川村召开了四百多人的研讨会,农事之余,则做乡土考古,事业风风火火,生活也过得丰富多彩。

　　这样看来,把山村小学、复式小学看作是迫不得已的举措是有问题的。我不无感慨地说。新妻先生点头赞同:是啊,山村和乡村的学校,从教育学角度看,有很多优势和可能性,但教育主管部门却很少这样考虑，近些年来，日本政府一再要求裁撤、合并，好多山村小学很快就要消失了。那山村孩子们上学怎么办？我问。薮敏裕先生告诉说：所以，很多地方都在开展护校运动，成立了护校委员会，新妻老师被请去做顾问，而岩手大学教育学部，也连续组织学生到山村小学实习，为复式小学培养未来的人才。

　　车在山路盘旋，在光与影中穿行，新妻先生注视着前方，脸色凝重，我们都不再说话。此时，不知为什么，我想起了啄木那充满焦灼期待的诗句：到民间去，到民间去……

IV 语言·经验·多义的"现代主义"*

——论北川冬彦的前期诗作

* 本文日文稿最初以《北川冬彦の植民地体験と詩法の実験》为题,收入日本菲利斯女子大学第八届日本文学国际会议论文集《近代詩の可能性―モダニズムの視点・女性の視点》(横浜,2011 年 3 月),中文稿以现题刊发于《东北亚外语研究》(大连)2013 年第 3 期。

"现代主义"的再定义与北川冬彦的意义

　　近些年来,由于后殖民批判论述的触动,日本文学研究者们也努力突破仅仅以国家边界为范围的文学史格局,把目光投向"帝国日本"时期的殖民地,考察"帝国主义时代"状况下文学的"越界"行为及其轨迹。由生活在殖民地城市大连的年轻诗人安西冬卫、北川冬彦等创办的《亚》杂志(1924 年 11 月—1927年 12 月,总 35 期),即是在这样的背景下被特别提起的。由于该刊被视为"日本现代主义诗的原点",或被称为"日本诗的现代主义燃火点",自然同时也被放在了"现代主义"的谱系上进行讨论。

　　如所周知,以往的研究所认定的包括《亚》在内的"现代主义诗"的特征,主要是其诗体形式的实验性和前卫性,而现在的研究则考掘出了"现代主义诗"与"帝国日本"殖民历史的种种联系,自然无法继续保持其外在于社会、政治的语言自足体的面貌。在这样的讨论中,爱理思俊子的《重新定义日本现代主义》提起了深具理论内涵的问题。该文强调"从世界史的脉络"上考察"日本的现代主义",但不赞同将其视为"从西方直接输入"的"特定的运动",而是主张把"日本的现代主义"作为"日本独自的历史脉络中的产物"重新进行检讨。该文甚至认为,在此意义上,继续使用在近代诗歌史上被赋予了特定意义的"现代主义"一词已不合适,更恰当的称呼应该是"日本的近代主义"。尽管因为约定俗成,我们不得不继续使用"现代主义"。

爱理思论文所提起的问题,放在日文的表述里应该更好理解,因为在日文里,"现代主义"是以片假名"モダニズム"标记的 modernism 的发音,让人一望便知是外来词或翻译词。该文建议以汉字书写的"近代主义"置换以片假名书写的"モダニズム",则既是为了清理"近代诗歌史上"赋予给"モダニズム"的"特定意义",具体说,就是清理此概念被给定的外来性、自足的语言实验性、高蹈的前卫性等狭义色彩,同时也是为了呈现出所谓"现代主义诗"与明治维新以来日本"近代化历史的复杂关联",这无疑是一个具有理论生产性的提议。

沿着爱理思论文提示的思路,重新回溯以往的日本近现代诗歌史研究,其实也可以找到有效的学术资源。比如,20 世纪 50 年代初期,著名诗人伊藤信吉以"现代诗鉴赏"的方式,系统整理明治至二战以后的诗史时,尽管当时用片假名标记的狭义的"现代主义(モダニズム)"概念已经开始流行,并成为颇具权威性的文学大系的分类标准①，伊藤信吉却坚持使用汉字词汇的"近代""现代"作为分类概念，并固执地强调，推动"现代诗"成立的主要动力，既来自"从艺术革命的立场出发"的"前卫运动"，也来自"植根于思想革命的文学运动"，特别是"具有一定阶级性格的无产阶级文学"。伊藤认为："现代诗"之不同于"近代诗"之处，"首先体现为强烈的诗的表现和对音乐性的否定，此外，则体现为强烈的叛逆倾向"。总之，伊藤把"艺术革命"和"思想革命"都视为诗的"现代性"得以成立的必要条件。如果从反叛"近代"传统的意义上，可以把伊藤所说的"现代诗"称为"现代主义诗"，那么，他的"现代主义"显然是更为广义、多义和开放的。正是在广义的现代主义脉络上，伊藤对诗人北川冬彦从探索"形式革命"进而转向对"社会现实的深刻关注"，由"艺术左派的立场跨越到日本无产阶级作家同盟的成员"的行为给予了高度评价，认为北川是"从艺术革命向革命的艺术，唯一一位踏着这样的阶段提高了自己"的诗人。

　　但本文把北川冬彦作为主要讨论对象，却不是因为他曾经得到的高度评价，而是因为他的被贬抑。伊藤信吉所说北川冬彦由"艺术左派"向"无产阶级作家同盟"的跨越，明显表现在他参与《诗与诗论》(1928 年 9 月—1933 年 12 月，含改题为《文

---

　　① 典型的例子是 1949 年至 1952 年间由东京的河出书房邀集青野季吉、川端康成、伊藤整、中野重治等文坛名家编辑的六十五卷本《日本现代小说大系》，把"プロレタリア文学"(无产阶级文学)和"モダニズム(现代主义)"分卷并列，对狭义的"现代主义"文学概念的确立起到了关键性作用。

学》的杂志）期间。这本杂志曾长期被视为狭义现代主义文学的根据地，但事实上，该刊创刊之后的一段时期其实是众声喧嚣，表现出了多种取向。如北川在该刊译载法国作家布勒东的《超现实主义宣言》，着眼点主要是《宣言》所宣示的"最为伟大的精神自由"和"想象力"，他把"超现实主义"解释为"与精神相关的世界"①，并从《诗与诗论》创刊号到第七号，先后发表《战争》《毁灭的铁道》等具有鲜明社会批判性的诗作，无论是诗学探求还是写作实践，都与该刊的主要编者春山行夫所主张的"无意义的诗"大异其趣。如泽正宏指出的那样，此时的北川已经"超出了拘囿于形式的狭义现代主义"，所以对《诗与诗论》的形式主义倾向深感不满。1930 年 4 月，北川和三好达治等退出《诗与诗论》，另外创办《时间》（1930 年 4 月—1931 年 6 月）、《诗·现实》（1930 年 6 月—1931 年 6 月）杂志，开始了另外的探索。

从参与《诗与诗论》到创办《时间》《诗·现实》，此一期间北川写作的诗，主要收在《战争》和《冰》这两本诗集。这些诗作和北川 1923 年开始写作以来的作品，无论在主题还是语言表现上，都既有连续又有跨越性发展，在北川六十多年的文学生涯中，可以算作前期，当然也不妨把这个"前期"再细致划分出一个"早期"。北川的《战争》等诗作所做的探索，曾得到同时代作家梶井基次郎、横光利一、三好达治等人的好评，梶井称赞北川

---

① 北川这一看法有具体所指，是对《詩と詩論》杂志同人上田敏雄的批判。

对诗歌变革的努力,说他"始终站在此运动的前端战斗",并认为收在《战争》里的"《战争》《大军叱咤》《毁灭的铁道》《鲸鱼》《腕》等作品,明确显示了他目前所展开的新观点,这即是阶级。这是《战争》所具有的最重要的意义"。

二战以后,北川的《战争》等诗作中所表现的对军国主义的批判意识,仍然得到如伊藤信吉等诗史研究者的重视,但随着把"无产阶级文学"排除在外的狭义现代主义论述成为主流,北川的"艺术左派"立场及其颇显异端的现代主义诗歌实验,便逐渐成为被贬抑的对象。如诗人大冈信便曾严厉批评北川的诗集《战争》,称"在这里,决意与所有因循守旧思考绝缘的超现实主义精神已经消失,前卫一词在此已经毫无意义"。直到 20 世纪 90 年代,藤一也还认为"北川《战争》以后的意识形态式的社会意识,反而成了他的作品的束缚",并说这是"战后诗拒绝正面评价北川"的最重要原因①。

诚如樋口觉所说,有关北川冬彦的评价问题,其实是"牵涉到近代诗史叙述"的整体性问题,因此,比起北川评价的高低起伏,本文主要想追问的是这种评价落差因何而来,并想特别指出,那种有意切断诗与社会历史关联的狭义现代主义论述自不必说,即使是从社会——思想革命的角度对北川给予高度评价的论述,当涉及北川的诗作与其殖民地生活经验的关系时,也大

———————

① 藤一也直接引用了大冈信对《战争》的批评,并赞赏其"准确、猛烈",但他承认诗集《战争》表现了一种"反日本语系"的先驱性诗法,和大冈信认为《战争》毫无"前卫性"可言的看法有所不同。

都语焉不详或过于抽象，而这恰恰是考察北川前期诗作、分析其特点（无论是其优点还是其局限），并对其多义性文本进行开放式解读的一个不可或缺的视点。

开放与闭锁：非均质的殖民地空间

在以往的研究中，从日本现代主义诗与"满洲"殖民地关系的角度谈及北川冬彦时，几乎毫无例外地会把他和安西冬卫放在一起讨论，但如果考察一下两人在"满洲"的足迹，则可以看到，1919 年二十一岁的青年安西冬卫到达大连并由此开始了他长达十五年的"满洲"生活时，恰恰是十九岁的青年北川冬彦结束了十二年的"满洲"生活，前往"内地"也就是日本国内求学的开始。这似乎偶然的交错，其实鲜明地表现了两人人生经验特别是殖民地生活经验的差异。换言之，北川和安西虽然都曾置身于"满洲"，且为《亚》杂志的同人，但他们在殖民地"满洲"的体验却不相同，不宜一概而论。

根据北川冬彦的年谱和传记资料①，1907 年，当时名叫田

---

① 此处有关北川个人传记的叙述，主要依据《日本诗人全集》第二十七卷所附《北川冬彦年譜》(金井直等编)、《日本の詩歌》第二十五卷所附《年譜　北川冬彦》；另参见樱井胜美著《北川冬彦の世界》。

畔忠彦的北川①，随着父亲与家人到达"满洲"时，才刚刚七岁，来前他正在滋贺县的大津小学一年级读书。不必说，远赴异国之地，并不是出自他自己的意愿，而是被父母携带而来的。北川的父母双方家庭共有的一个特点，即都与铁路关系密切。北川的外祖父出身士族，曾任滋贺县大津车站的站长，而他的父亲田畔勉虽然出身福井县农家，却没有务农，而是成了一个铁路技术人员，在官设（即国有）铁路上任职。

如所周知，明治维新以后，日本的铁路建设作为国家"殖产兴业""富国强兵"战略的重要环节而被大力推进，并借甲午战争获胜之机实现了大发展。日俄战争之前，日本铁路已在国内形成了完善网络，并侵入了朝鲜半岛，"在日俄开战迫在眼前的1903年12月28日，京釜铁道速成敕令颁布"（原田胜正：《满铁》），开战三个月后，1904年5月，日本军队的最高统帅机构"大本营"又在东京组建"野战铁道提理部"，并将其派往已经成为战场的"满洲"。北川的年谱曾简略记述到其父田畔勉"在日俄战争时作为野战铁道队员奔赴'满洲'"一事，其中所说的"野战铁道队"，确切说应该是"野战铁道提理部"。

据原田胜正研究，"野战铁道提理部的本部领导，是由工兵、会计、军医的将校构成的，技术部的领导，则由铁道作业局（当时官设铁道的现场作业机构）的技术人员及事务人员构

---

① 北川冬彦是诗人的笔名，为了行文的方便，本文叙述他少年时期的故事，也以后来通用的笔名称呼。

成。总工程师古川坂次郎在甲午战争时曾隶属大本营负责军事运输,其后则以八王子出张所所长身份主持八王子至甲府之间的铁路建设,在笹子隧道等工程上因采用近代新式施工方法而引人注目。在古川之下,设有庶务官及运输、火车、工务、材料各科"(《满铁》)。而据樱井胜美考察,北川冬彦的父亲曾"作为笹子隧道开通工事的监督亲临现场"。综合这些因素,可以推测,田畔勉是以古川坂次郎的人脉进入"野战铁道提理部"的。

这个所谓"野战铁道提理部",是以修筑战时军用铁路为目的设立的机构,其行动路线有两条,一条紧随从大连登陆的日本军队,改筑刚刚抢夺到的俄罗斯东清铁路,组装从日本运载来的车辆;另外一条,则随同日本军队从朝鲜半岛北部渡过鸭绿江,进入中国领土,铺设从安东(今丹东)到奉天(今沈阳)的军用轻便铁路。(《满铁》)

北川冬彦的父亲是沿着哪条路线行动的,无法确认,但肯定是随着战场的推移而移动的。"野战铁道提理部"从一定意义上也可说是日俄战争后设立的日本国策机构"南'满洲'铁道株式会社"(一般简称"满铁")的母体,北川的父亲在战后立刻成为"满铁"的社员,自然是不奇怪的。

结合上述背景,可以说,北川冬彦一家,是伴随着"帝国日本"的对外殖民扩张来到"满洲"的,但幼年的北川和野战铁道队员的父亲的感受,应该有所不同。北川一家到"满洲"后的最

初住所,是一个叫"得利寺"的地方。樱井胜美曾对此地情形做过如下描述:

> 得利寺是"南满"铁路沿线上位于大连以北一百五十公里的一个小站。……只有和"满铁"有关的四五家住房,学校自然是没有的。上学,只能到有一个小时火车车程的瓦房店去,但在他上下学的时间段,没有在得利寺停车的客车。作为没有办法的办法,经过父亲的安排,请在上下学时段经过得利寺的火车放慢速度,他朝着车尾乘务员踏立的地方,去时跳上,归时跳下,就这样极其危险地进行跳车走读。"满洲"之秋短促,冬将军早早来临,火车头的车轮之间,"油冻住了,宛如碎石"(北川诗作《冬》里的诗句),即使在这样凝冻了的严冬,他也一直跳车走读。对于小学一年级学生来说,这是过于严酷的走读。

1908 年北川因父亲工作调动而转到奉天以北的铁岭小学,1909 年春又随着父亲转到安东,从小学三年级直至毕业,他都是在这座与朝鲜半岛一江之隔的小城里度过的。如此的辗转移动,北川很像是在重新体验父辈"野战铁道队员"的经验,而需注意的是,北川的移住之所,都在"满铁"的附属地内。日本通过日俄战争在中国东北地区攫取的殖民地,是由包括旅顺和大连在内的"关东州"、南满铁路及沿线的"附属地"构成的,这些附属地究竟应该视为"租界""准租界",还是"铁道居留地",

在当时即有争论,但以日本的军事力量为背景,"满铁"实际掌握着附属地的行政权和经营权,则是不争的事实。在满铁附属地,日本人和"外国人"(主要是中国人)杂居生活,但实际上是分区居住,一般是日本人住在铁道南侧,中国人住在铁道北侧(李百浩:《满铁附属地的城市规划及其特征分析》)。附属地里设有日本人小学,和日本国内小学施行同样的教育。也就是说,尽管铁路和火车等现代交通工具构成了便于人与物频繁流动的网络,但在附属地里,日本人和中国人是隔离着的。

当然,即使同为附属地,状态也并非均质的,其中既有得利寺这样荒凉至极的小站①,也有安东那样的港口城镇,或位于长春、奉天等都市中心的某些地段,但不论在哪里的附属地,日本人自己聚居的封闭式空间结构则基本没有变化。1913 年 4 月,北川冬彦进入旅顺中学,在所谓"关东州"的军港一住就是六年,他经常往返于旅顺和大连之间,大连成了他探望家人的省亲之地。而此一时期在大连居住的日本人已经达到三万人以上,比起满铁沿线的附属地,自然更容易形成日本人自己的社

---

① 据"南満洲鉄道株式会社臨時経済調査委員会"编《経済上より見たる満蒙の道路》(1929 年 5 月)一书记述:"从复州县城伸展出去的满铁铁路分为两条线路,一条到瓦房店,一条到得利寺。而作为政治及经济的通道,瓦房店路更为重要,日常来往交通频繁,且道路质量也非常之好。得利寺路在政治和经济上毫无价值,仅仅是为缩短距离,把有限的土特产搬运到此地,此外,去北方的人由此出发也比较方便,但因本地区之间人员往来不多,马车也很稀少。"但该书还写道,在得利寺附近,"距梁家坟三华里,有七八十户人家的大村落,设有巡警分局,房屋高大"。由此可知,和该村落仅距一华里的得利寺站之所以显得荒凉寂寞,是因其与当地大村落隔离的缘故。

会空间。

在此还应补充说明，1914 年至 1915 年间"满铁"颁布的教育方针，曾把培养"开拓型国民"、树立"殖民思想与在殖民地永住的意志"作为重要条款，而此前颁布的《附属地小学校规则》，也在遵从日本国内的《小学令》相关规定的同时，把"清国话"（汉语）放到了外语选修科目里。但考察北川冬彦从小学到中学的学习经历，却看不到有学习汉语的迹象。如前所述，1919年 3 月，他从旅顺中学毕业，同年 9 月，升入位于京都的第三高等学校文科丙类，也就是帝国大学的预科。很显然，这位在"满洲"成长起来的青年，并没有养成在殖民地永住的意志，而是把日本国内的帝国大学，当作了自己追求的目标。

作为"帝国"隐喻的军港、铁路和身体

　　北川就读的第三高等学校文科丙类的特点之一,是以法语为第一外语,1922 年 4 月三高毕业后,他升入东京帝国大学,选择了法文法律专业,据说是服从了父亲要他将来在包括满铁在内的政府所属机构任职的愿望。但在此年的年底或翌年年初,由于旅顺中学时代的同学城所英一、富田充的劝诱,北川终于参与了同人文学杂志《未踏路》的活动,并在 1923 年暑假回大连省亲时举办了诗歌展览会,以此为契机和安西冬卫结识,一起创办了《亚》杂志。北川冬彦作为诗人的生涯,就是这样在共同拥有殖民地生活经验的友人们的推动之下开始的。

　　1924 年年初,北川和富田充、城所英一在东京另外创办杂志《面》,作为《亚》的同人,他们的名字从第三号开始消失①。这一事件曾被说成是《亚》诗社的内部分裂,但实际上《面》同人归

---

　　①　在《亚》第三号最后一页上,安西冬卫写道:"同人富田充、北川冬彦、城所英一按照最初的约定在东京创办了《面》。接着做的是泷口武士和我"。从此期起,《亚》同人变成了安西与泷口两人。

省大连，仍然参加《亚》诗社的活动，也时而为《亚》杂志供稿。1928 年年初，当供职东京一家名为厚生阁的出版社的春山行夫筹划创办《诗与诗论》杂志，开始物色同人时，北川冬彦便向他特别推荐了"在'满洲'大连刊行了一个小杂志《亚》的意象派诗人安西冬卫、泷口武士"。因此，安西和泷口在 1927 年 12 月《亚》停刊不久，即成为了东京大型诗杂志的同人。

　　由于游走于"外地"和"内地"之间，北川推动了两地"现代主义"诗人的合流，而他的诗歌写作，也具有"两地"交错的特点，比如他的第一本诗集《三半规管丧失》排在前面的几首诗作：《共同便所》《瞰下景》《街里》《三半规管丧失》，便是基于其亲历的 1923 年 9 月 1 日关东大地震经验写出来的。且看其中颇为著名的《瞰下景》：

从高楼顶上向下俯望

电车・汽车・人都在蠕动

眼珠似乎粘到了地面上

　　北川曾回顾道："是关东大地震给予我的冲击，使我的诗脱离了习作阶段。"同时又特别强调："虽然在震灾中受到巨大冲击，但我没有写过一首震灾风景的诗。"北川把这种"有意回避照着现实原样进行描写的方法"称为"新现实主义的方法"，认为这在自己早期诗作已经有所体现。并说：与此同时，"比起语言的音律，更为重视映象，重视鲜活的日常语言所蕴含的实感",这些自己后来"奉为诗歌写作指针"的内容,从早期诗作也可窥见端倪。很显然,北川之所以把这几首诗放在第一本诗集的前面,并不仅仅是按照写作时间排序,更重要的是认为这几首诗作体现了自己后来明确意识到了的方法。

而从上面引录的《瞰下景》一诗,确实可以看到"北川诗法"的独特性。在诗的文本里,语言表现主体由高层楼房向下俯瞰的视点,同时受到地面引力的强烈牵引,造成了一种巨大的眩晕感。如果想到高楼大厦是明治日本强力推进的"近代化"的产物和象征,那么,这首短诗所凝缩的意蕴,显然已经远远超出了对震灾感受的描摹,其实包含着对日本"近代"的反思和批判。这在诗集的标题也有所表现,"三半规管丧失",本来指的就是人的感官失衡,这可以说是北川这本处女诗集的基本主题。

但该诗集里为数不多的几首容易让人联想到"满洲"风景的诗作,如《落日》《冬》《喜悦》,虽景象荒漠,情调却颇静谧。似乎从一个侧面表明,对于此时的北川来说,殖民地大连似乎还属于生活与精神的避风港。1925 年 3 月,北川大学毕业,父亲希望他到满铁就职的书信不断寄来,他却不为所动,而是办理了转入法国文学科的入学手续。对北川而言,这是一个很重大的人生选择,意味着他已经决意不走当时帝国大学政法科系精英分子的出世之路,而把自己自觉放到了社会的边缘。同年 8 月北川回大连,一直住到 1926 年 3 月,他的第二本诗集《体温计与花》的很多作品,据说都是此一期间写下的。

在《体温计与花》里，以"满洲"风景为题材的诗作明显增多，但文本里语言表现主体的目光明显变得严峻，如《平原》："炮击/落日如镜在平原上泛滥。"其动荡不安的"满洲大陆"意象，显然是对日俄战争以来日本各种媒体刻意塑造出来的充满诗意的"满洲夕阳"意象的有意颠覆。再如《古战场》一诗："黑色的山体悄无声息地裂开/新月升起/蝎子在山腰竖立起冷酷的吸针/是产铁的山。"如果了解"满铁"自 1918 年起便在鞍山建立制铁所的历史，不难想见，此诗指涉的是日本在"满洲"殖民地的掠夺行为。由此可见，北川冬彦在以实验性诗法和国内的既成诗坛对峙的同时，也表现出了和"帝国"进行政治对峙的姿态。

北川对帝国日本的殖民主义扩张行为的批判意识，更为鲜明地表现在他参与《诗与诗论》时期的诗作，其中的代表作后来收入了诗集《战争》里，在此仅引两首为例。

鲸　鱼

巨大的鲸鱼漂浮了上来，海峡瞬间即被毁灭。无辜的海峡。不，不。被矫正方向的方向。恶，已经存在于巨大鲸鱼浮起之处。对海峡的记忆。这也是宏大的恶之所为。

巨大的东西，那皆为恶。那就是恶。

毁灭的铁道

军国铁道在冻结的沙漠里种植下了无数的牙齿，无数

长钉的牙齿。突然,一群凝固的街市出现,在飞鸟绝迹的
灰色凝冻沙漠里。围绕着蜗虫般的有轨列车,街市的构件
一一汇聚而来,犹如垃圾。比如,烂了眼角冻僵腿脚的卖
淫妇;一列列火车里牢固树立起来的阶级之墙。铁道在人
的痛苦中完成。人的手臂在枕木下变形,那比一片枯叶离
开树干还要简单。铁路筑成,街市消失。人群忽地如蚂蚁
般散去。沙漠恢复了沙漠,留下了一条伸向星空的伤痕。
不久,军国一边拭去这条伤痕,一边把巨大手臂继续向前
伸展。

朝向毁灭。

《诗与诗论》时期,北川冬彦开始提倡"新散文诗",在《通往
新散文诗之路》一文里,他首先强调"把'新散文诗运动'视为
'诗的散文化'是不恰当的",认为"新散文诗"是"真正的自由
诗",并进而阐述道:"今天的诗人,绝不再是灵魂的记录者,也
不再是感情的流露者……他是以敏锐的头脑,对无数散在的语
言进行周密选择、整理并将其筑为一个优美结构体的技师。"如
果仅从这些言辞来看,北川的"新散文诗"主张似乎比较偏重于
语言的结构或诗的语言形式,但在《诗人之眼》一文里,北川又
补充说:"这种诗的形式变革,同时也变革诗人的精神。新的诗
人舍弃韵文精神的行为,就是诗人的社会性自觉。"把这两篇诗
论相互对读,可以了解到,北川认为当时的普罗诗歌过于倚重

"素材"，而他自己则不想仅凭"素材"取胜，在上面引录的两首诗，北川虽然选取了重大的社会题材作为表现主题，但同时也在探索新的语言构成方式，他其实是努力在二者间寻求平衡。

《鲸鱼》和《毁灭的铁道》都选取了可以作为殖民扩张象征的意象，并予以强烈的表现。《鲸鱼》以毁灭海峡的"鲸鱼"让人联想起军舰，而"恶，已经存在于巨大鲸鱼浮起之处"一句，在表明作者对帝国扩张欲望毫无忌惮大胆批判的同时，以具象的"鲸鱼"意象与抽象的"恶"之概念进行对比，也收到了特殊的语言表现效果，并为结尾处批评情绪激越的诗行做了铺垫。

《毁灭的铁道》明显具有叙事性，应该是北川"新散文诗"的代表作，而在比喻方法方面也有值得特别注目之处。起始一句"军国的铁道"，不必说是"军国"的产物，也是"军国"的隐喻性表象，而这"铁道"上"无数长钉的牙齿"，是"枕木"的暗喻，自然也和"铁道"形成了邻接性的"换喻"关系，又与侵入殖民地的"军国"的侵略意象相呼应。诗中的"手臂"一词无疑也具有多义性，"人的手臂在枕木下变形"，不仅是"铁道在人的痛苦中完成"的具象化，更和接下来出现的"军国"的"巨大手臂"意象构成了邻近关系。也就是说，正因为"人的手臂在枕木下变形"，甚或化为"枕木"的一部分，所以，"军国手臂"才能不断制造伤痕又不断擦拭掉伤痕。当然，这是否是诗人的有意识表现，不得而知，但从诗作反复使用和身体有关的词语、意象，可以说，帝国日本的殖民地状况与人的身体之关系，是北川冬彦特别关注的问题,并通过隐喻与换喻的错综转换,给予了独具特色的表现。诗作在以连绵的散文诗句充分渲染了军国铁道的"巨大"无敌之后,以空行的方式陡然转折,以最后的短短一行"朝着毁灭"突然收束,无论在诗艺表现还是在政治批判上,都产生了令人震惊的效果。如果联系到此诗发表的时间,想到两年以后日本殖民者便在"满洲"制造了"九一八"事变,此诗所体现出的高度预见性和勇敢的批判精神,确实是值得充分肯定的。

小　结

北川冬彦的诗集《战争》收有一组《战争——诗七篇》的诗，诗集的题目显然即由此组诗而来。这组诗最初刊于 1929 年 3 月发行的《诗与诗论》第三册上，直接题为《战争》的一首是情绪激越的政治批判诗，全诗由三个长长的句子构成，首句借助无辜战死的士兵之口发出诘问："纵使假眼里装饰上了钻石又如何？干枯肋骨上佩上了勋章又能怎样？"然后疾呼要和制造战争的资本和权力者斗争："一定要把那大腹便便之上的头颅打碎！"而在如此大胆地引口号入诗之后，诗作的最后一行，却编织了这样一个颇为奇特的情景："何时才能把那骨灰放在掌上，像吹蒲公英那样吹散？"诗人大胆地把象征死亡的"骨灰"和孩子吹散蒲公英的意象组合在一起，可谓想象奇拔，与直白的宣传鼓动诗明显不同。

值得注意的是，组诗《战争》除了这首《战争》，另外还有六首排列在一起，但在收入诗集时，《战争》一首被单独抽出，列为诗集的篇首，由是，它和另外几首诗作曾经有过的组合关系便没人提及。而从综合考察北川诗作的角度说,将这一组诗作为一个单元阅读,是一个颇有意思的观察点。在这组诗里,《战争》其实是个另类,其他几首都不是政治批判诗,而是殖民地日常生活情境的速写。比如同组里《菱形的腿》:

> 这位支那的邮件配送夫脚弯成了菱形。走下坂坡的时候,从他那两腿之间看得见漂浮着帆船的灰色海。他随心所欲地工作。邮件,经常不来。但那绝不是因为他那弯成菱形的腿。为什么这样说呢?特别认真做的时候,他会把很多邮件一起送来。甚至别人家的信和包裹也混杂在里面。

再如同组诗里另外一首《花》:

> 埋在挨家挨户偷来的花里晒着太阳,脏如抹布的支那老人很开心。很开心。

很明显,在这两首诗里,语言表现主体在面对殖民地"支那人"的时候,优越意识跃然纸上。诗中的幽默、风趣,都来自其居高临下的俯视目光。这样的诗作出自《战争》作者之手,并和《战争》作为一组发表,颇令人感觉不可思议。而这一现象其实包含了一个严峻的问题:作为"艺术左派",北川冬彦对"帝国日本"殖民扩张的批判,尽管是真诚而激烈的,但基本还停留在理念层面,还没有内化为自己的血肉和感觉。而能否意识到已经内在化于自身的殖民者经验,并自觉与之搏斗,是考验他的思想和诗艺的更大难题。

V 遍体鳞伤的经验与血肉丰满的思想 *

——中野重治创作的抒情性与政治性

———————————

　＊　本文是在作者已刊《中野重治创作初论》(《清华大学学报》2003 年第 1 期)和
《遍体鳞伤的经验与血肉丰满的思想——重读作为马克思主义作家的中野重治》
(《世界文学》2017 年第 1 期)两篇文章的基础上改写而成的。

重审社会主义思潮与普罗文学的谱系

广义的社会主义思潮的发端，在日本可以追溯到 1890 年代。明治维新以后，随着国内政治统合的完成和资本主义经济的发展，日本逐渐成为一个拥有海外殖民地的国民国家形态的现代帝国，而伴随社会阶层、阶级的分化，质疑资本的逻辑、同情底层劳动者的思潮亦滋生蔓延，"社会主义"这一词语随之广为流布，至 20 世纪初，几乎每年都有多部研究、讨论社会主义的著作出版，片山潜、幸德秋水等早期社会主义者还组织了研究和宣传社会主义的团体。具有社会主义色彩的文学作品亦在此种氛围中出现，如木下尚江的《良人自白》在报纸上刊载时即得到读者的欢迎，单行本印行后很快便成为畅销书。1910 年幸德秋水等社会主义、无政府主义者被指谋图刺杀天皇而被捕并于翌年被以"大逆罪"处死，近代日本的"第一次社会主义流行期"遂告结束。

即使进入思想的严冬季节，仍有思想者和文学家敢于直面帝国日本的暴力体制，坚忍地探寻社会和人的解放途径。一直以忧伤的抒情诗人著称的石川啄木在这一时期挺身而出,以年轻生命的最后余烬与国家强权奋力搏击。他曾去访问幸德秋水的辩护人,借阅秋水的狱中书简,抄写整理有关"大逆事件"的资料,试图究明原委,并创作了悲愤的诗篇:《无结果的议论之后》(1911 年 6 月 15 日),其开篇一节这样写道:"我们且读书且议论/我们的眼睛多么明亮/不亚于五十年前的俄国青年/我们议论应该做什么事/但是没有一个人握拳击桌/叫道:'到民间去!'"啄木遗言般的诗句,不仅表达了对当时青年知行分离状况的忧虑,同时也表达了要把革命思想和"到民间去"的行为结合起来的殷切希望。大约同一时期,大杉荣、荒畑寒村等社会主义、无政府主义者们创办《近代思想》《平民新闻》杂志,讨论并推动民众运动和工人运动,受其影响的作家则有意识地把工人生活纳入写作题材,宫岛资夫的小说《坑夫》即为其中的代表作。

但在日本无产阶级文学运动史的叙述中,曾有很长一个时期,上述现象皆被视为无产阶级文学的前史,1921 年由小牧近江、金子洋文等人在秋田县创办的《播种人》于同年 10 月转往东京,才被看作是正式的起点。文学史家小田切秀雄认为,这其实反映的是 1928 年成立的"全日本无产者艺术联盟"(简称"纳普")的观点。1930 年 11 月在苏联的哈尔科夫召开的世界革命作家大会,参会的日本"纳普"代表所提交的报告,所持的就是此种看法。而在小田切看来,"纳普"文学史观的最大问题表现为鲜明的排他性,甚至把政治上立于社会民主主义、无政府主义立场的作家以及他们表现底层劳动人民生活的作品也排除在外,这种纯化"无产阶级文学"的做法其实也是将之狭窄化和孤立化。

据小田切秀雄的考察,日本无产阶级文学运动以"普罗列塔利亚"(Proletarier)作为自称,最早出现于转至东京出版的《播种人》杂志上。而采用这样的自称,其原因首先是因为"在战前日本的天皇制绝对主义之下,'革命'这一词语不能公然使用",于是"作为替代,便冠上了普罗列塔利亚这样新鲜的外来语"。由此可见这一替代性修辞策略,既有其不得已的一面,也不全然是被动的,也有凸显其"新鲜"乃至"前卫"色彩的一面。小田切认为,"普罗列塔利亚文学"的自称和其对自我的性质、范围之界定,是内在地联系着的。而小田切着意指出这一点,则表明他是把这一概念看作了历史性概念而非不证自明的分析性概念,这也是本文使用此一概念所持的立场。而本文所要讨论的中野重治,恰恰就是在日本的无产阶级文学运动走向"纯化"时期加入进来的。

告别感伤的抒情

　　中野重治 1902 年出生于日本本州岛中部濒临日本海的福井县坂井郡一个颇为殷实的小地主家庭。父亲本姓清池，入赘到中野家后改从妻家的姓氏，名藤作，青年时期做过福井县法院的雇员，甲午战争时曾作为炮兵二等兵出征，退伍后到东京法律学校（今日本大学前身）短期学习，1898 年到日本新获得的殖民地台湾，任职于土地调查局至 1904 年，归国后在大藏省所属烟草专卖局工作，1909 年赴朝鲜，运用他在台湾的经验，继续从事殖民地的土地调查工作，直至 1917 年退职还乡。从如此简单的梳理亦可以看到，中野藤作的人生历程和帝国日本的对外扩张紧密相连，虽然他一直处于末端的位置，但很多机遇显然都从殖民地获得，他以此养育儿女，当然也期盼儿女出人头地。中野重治和哥哥中野耕一先后考入东京帝国大学，无疑是让他们的父亲感到欣慰的回应。

　　中野重治就读高级中学已经开始写作和歌、诗和小说，显露出了文学天分，进入大学亦选择了德国文学专业，并和同学

一起创办文学杂志《裸像》。中野就读大学期间:1924—1927
年,按照日本的年号正值大正末到昭和初,就社会思想文化而
言则处于一般所说"大正民主主义"氛围之中。不过,所谓"大
正民主主义",不能仅从字面意思理解,如同加藤周一所描述的
那样,在大正时期,面对第一次世界大战之后的世界变局与国
内矛盾,日本的国家权力在国际战略层面上既推进对中国大陆
的侵略扩张,又与欧美协调配合;在国内,则一方面严厉镇压左
翼政党,通过制定《治安维持法》为加强思想管制提供法律依
据,另一方面,又首次组建起由不属于明治以来垄断政权的藩
阀派系出身的平民议员担任首相的政党内阁(1918 年),并通过
《普通选举法》的制定和实施,扩大了普通民众的参政权。加藤
认为,"所谓'大正民主主义',不是天皇制官僚国家的结构民主
化,而是在帝国宪法制度下的政策民主化,也是自由主义的妥
协。这与同时代的魏玛共和国改变政治制度,制定民主主义的
宪法,是根本不同的"。而《普通选举法》与《治安维持法》几乎
同时推出,本身即很具象征意义,不仅反映了日本社会内部的
矛盾纠结,也意味着日本的国家权力企望以刚柔并举的方式,
更广泛地把民众动员、整合为帝国的"国民"。但无论如何,较
之明治末期"大逆事件"前后的肃杀景象,社会气氛已经有所松
缓,工人、农民争取自己权益的社会运动不断兴起。而随着书
籍印刷产量的大幅度增加,国外各种新兴思想和艺术潮流一拥
而至,马克思主义的书籍出版再度出现热潮,构成了新一代的
知识底色,也形塑了新一代知识青年的思想和行为。中野重治

在《东京帝国大学学生》一诗所描述的帝大学生波西米亚式的
生活状态，无疑是此种风潮的产物：

有的面色发黄

有的戴着眼镜

和服外褂

俄式衬衫

有的披着纽扣直径寸长的外套

也有的形同乞丐

而且在银座行走

醉了就故意说粗俗的家乡土话

学问的蕴奥

人格的陶冶

还有

——《苦闷的象征》还是挺吸引人的呢

令人作呕

并且成群结队走过正门

也有的只是一味地踢足球

尽管这可能只是一部分帝大学生面貌的素描，但也表明，
在帝国日本培育精英的体制里，也出现了自我放逐的一群，而
中野重治就属于有意拒绝成为帝国大学知识精英的异端者，但
无论是刚入学时吟咏的和歌，还是作为《裸像》杂志同人发表的

诗歌,中野重治此时期的诗作大都以感叹青春的流逝和失恋的哀伤为主题,此一时期他似乎还沉湎于"苦闷的象征"般的情绪里,《分别》一诗同样弥漫着这样的情绪:

你挽起黑发

穿上典雅的和服

你枕在我膝上

大大的眼睛如花开放

又静静地闭上

我用双手高高托起

你温柔的身体

你可知道你身体悲伤的重量

那悲伤沿着我的双手

像细流轻轻作响

伸着双手闭上眼睛

我静听那缓缓浸润的悲伤

如细流缓缓浸润过来的悲伤

　　1925 年夏,中野经林房雄的介绍加入东京帝国大学的左翼学生组织新人会,开始接触马克思主义和工人运动,还曾受新人会派遣到印刷厂鼓动工人罢工。1926 年 2 月,他参与组织马克思主义文艺研究会,并参与创办同人文学杂志《驴马》,不仅

在《驴马》上发表诗作和海涅书简的翻译,还发表了四篇评论,
其第一篇评论《关于诗的二三片段》开篇引用布哈林、普列奥布
拉任斯基编著的《共产主义入门》上的政治口号式的献辞,并称
赞说:这篇献给无产阶级、献给行进在艰难困苦中的党、献给年
老和年轻的前卫者的献辞,"是一篇最为纯粹的抒情诗"。这表
明中野的诗歌观和文学观发生了巨大变化。紧接此文,中野又
发表题为《关于啄木的断想》,就明治时期著名诗人石川啄木的
评价问题,强烈反驳了当时的流行论断。中野指出,一些啄木
的崇拜者极力强调后期的啄木已经从马克思主义"毕业",重新
回到了浪漫抒情轨道,力图把啄木与政治剥离开来,把啄木叙
述成浪漫抒情诗人,这些石川啄木的崇拜者以为这样的阐释是
对啄木的拯救,而中野重治却认为,这其实是对啄木的误解。
在中野看来,早期的啄木确实是个浪漫诗人,但后来转而探究
艺术与人生、艺术与社会组织结构的关系,力图在变革诗歌的
同时用诗歌变革社会,以至直接撰文从事社会批评,直至去世,
矢志不渝。啄木是一个革命的诗人,具有社会主义信念的社会
批评家,这丝毫无损啄木的形象,恰恰是他超越同时代文学家
的特性所在。中野重治的这篇《断想》既是一篇独特的啄木论,
也是他本人的思想与创作的宣言,他所建构的石川啄木形象,
显然寄托了自己的文学理想,随后他发表的诗作《歌》,则明确
地表达了决意告别以往感伤抒情诗风的志向:

你不要歌唱

你不要歌唱艳丽的苤蓼花和蜻蜓的翅膀

不要歌唱微风细软和女性发梢的芳香

所有的纤弱

所有的张皇失措

所有的懒惰颓唐　都应扔掉

所有的风情都应摈斥

只歌唱正直老实的

足以饱腹充饥的

只歌唱涌到胸口不吐不快的感情

遭受打压而回击的歌

从耻辱的深处汲取勇气的歌

这些歌

你敞开喉咙和着严谨的韵律放声高唱吧

让这些歌震彻未来人的心

1926 年 10 月,中野重治首次在《文艺战线》上发表译作,该刊是 1924 年 6 月自觉继承《播种人》精神创办的左翼文学杂志,因种种原因,第一阶段至 1925 年 1 月总计刊行八期便告停刊,但在最后一期上译载设于莫斯科的"无产阶级文学联盟国际事务局"的《告世界无产阶级作家书》,成为引发随后蓬勃兴起的日本无产阶级作家组织运动的直接契机。1925 年 6 月《文艺战线》重整旗鼓第二次发刊,12 月 6 日,由《文艺战线》成员主导,联合多个左翼文学团体和文学杂志的成员结成日本普罗列塔利亚文艺联盟。翌年 11 月，该联盟召开第二届大会，把被认为具有无政府主义倾向的资深作家秋田雨雀、宫岛资夫等人开除出去，新加入联盟的东京帝国大学在校学生中野重治却当选为中央委员会的委员。

这期间中野重治的影响已经走出同人杂志的范围，引起了既成文坛的关注，著名作家芥川龙之介在给友人室生犀星的信里说："中野君的诗我几乎都读过，那也是生气勃勃的。应该请中野君专心写小说。（他）将会超出现今的普罗列塔利亚作家数倍。"芥川在 1927 年 7 月自杀，自杀前一个月，他专门邀年轻的中野到家中畅谈，几年以后，中野在一篇回忆文章言及当时的谈话片段：

> 他问我："听说你说要不干文学了，是真的么？"
>
> 我回答："没那么回事。"但我那时刚刚阅读有关社会主义的书籍，虽然不记得自己说过不想干文学，却可能说过容易被人那样理解的话，所以，被如此严肃一问，就真的张皇失措了。
>
> "这样就好。当然我没有要你必须做文学的权利，但我很希望你能继续从事文学。我说了以后你即使搁笔不干也没关系，但我还是想把这话说出来。"他说了大概这样一些意思的话。我面红耳赤。

中野的回忆文章语调淡然，体现了他不愿意渲染自己和芥川关系的一贯态度,但其记录的这一片段其实不无文学史意义。作为当时既成文坛最具代表性的作家,芥川对中野寄予着厚望,中野对此自然是有所感受的,但他所选择的文学道路与芥川不同,却是无法在一次谈话中就能说清的,他的慌乱和羞愧或许都来源于此。在此以后,中野仍继续着文学写作,但在思考文学的意义和功用时态度则更为激进,在针对《文艺战线》1927 年 2 月号社评而写的《小市民性的结晶》一文里,他甚至提出这样的主张:"横在我们面前的战线只有一条全无产阶级的政治战线,在这里,在此之中,不可能存在所谓特殊的艺术战线。"在当时的中野看来,"我们的艺术今天需要做什么",其实是很简明的,那就是"为了推动全体人民、全体人民的感情走向一定的方向,并使他们全身奉献"。在此逻辑上他认为《文艺战线》社评强调"社会主义文学必须追求艺术价值",实际上是陷入了"艺术之上主义",是"对小市民性的投降"。

重建主体的经验与政治抒情诗

以往有关日本现代思想史文学史的研究多认为，1925 年至 1927 年间，福本和夫的理论曾对无产阶级文学运动形成浓重影响，尤其是福本有关无产阶级政治组织论的"分离·结合"论，导致了无产阶级文学组织内部不断分裂，而中野重治此一时期情绪激进、言辞犀利的评论，无疑带有明显的福本主义色彩。这样的评述自然不无道理，但柄谷行人却拓出了另外的讨论思路。柄谷认为，福本和夫虽然以列宁之名展开论述，其思想资源其实更多来自卢卡奇的《历史与阶级意识》。而福本理论之所以产生巨大影响，甚至在 1927 年遭到共产国际的点名批判之后，仍然在青年普罗文学家那里魅力不衰，原因即在于其"为马克思主义导入了早期马克思的思想、亦即'主体'性契机"。从而使以往作为知识人外部问题的阶级斗争，转而成为了"知识人的内在思想问题"。而从文学史的脉络上看，正是这种把"大正式"的"主体"作为前提予以坚决的否定，"让中野重治这代人受到了震撼"。

柄谷行人富有洞见的分析,提示我们应透过日本无产阶级
文学团体聚散离合的现象,透视其深层的思想潜流。具体到中
野重治,则应从他那些强调文学阶级性、政治性的言辞,看到他
试图借此建构新的主体的努力。不过,柄谷在考察包括中野重
治在内的福本派普罗作家和同时期的"劳农派"普罗作家的对
立时,强调这是两派和明治、大正以来的社会主义运动之间的
连续性与断裂性的表现,认为后者的作品更具有"'无产阶级
的'感觉",而对于前者而言,"无产阶级"则是非经验性的,这样
的论断似乎也不无可商之处。以中野重治为例,倘若仅从他此
一时期的评论文字看,确实可说无产阶级及其政党是作为建构
新主体而想象性地树立起来的具有绝对权威的他者,具有较多
的观念性色彩。但如果阅读中野此一时期的诗作,则可以看
到,恰恰是对知识人生活范围之外的社会阶级斗争的关注,促
使他由爱情抒情诗转向了政治抒情诗写作。而在此类诗作中,
中野又通过叙事性情景的设置,融入自己的日常生活经验,从
而使一些即使充满政治鼓动色彩的诗句,也在特定情景中成为
自然生出的情绪,从而避免了当时同类诗作常见的排列空泛口
号的弊端。而这与其说是诗歌表现上的特色,毋宁说更是诗人
重建新主体之努力的自然流露,恰恰是这种新的经验,为他的
政治抒情诗提供了创新的源泉和动力。

　　当然,作为一个一直生活在校园和文学圈里的青年作家,
中野重治确实缺少实际的社会阶级斗争经验,他只能主要透
过新闻媒体去了解社会,并由此获取写作的素材。如诗作《登

在报纸上的照片》，素材即取自《东京朝日新闻》。经查，《东京朝日新闻》1927 年 4 月 16 日晚刊第一版刊有中国"四一二"事变的相关消息，在这版纸面的右侧，是一篇题为《反总工会派与总工会大乱斗》的报道，左侧隔过几条其他消息之后，则是一群全副武装的士兵的照片，照片下附有说明："日本海军陆战队包围搜查上海总工会的集会会场。"就报纸自身而言，这些内容确实都属于客观报道，但这样的配置方式，却不能不说是在诱导读者去联想日本海军陆战队的"包围搜查"与上海工人之"乱斗"的关系，是在暗示：由于工人们的"乱斗"引来了"搜查"，"搜查"是为了制止"乱斗"。中野的诗作把表述主体"我"设置为照片上一位士兵的弟弟，通过"我"的视点和向母亲倾诉的口气，描述了日本海军陆战队镇压中国工人的暴虐行为：

请看吧

请看从这边数的第二位男子

那是我的哥哥

你的另外一个儿子

在这里摆出这样的姿势

打着绑腿

备好盒饭

腰缠沉重的子弹袋

举起的枪　子弹在膛　刺刀卡上

　　在这里

　　在上海总工会的墙壁前

　　叉着腿满面杀气立在那里

　　请看吧，妈妈

　　你的儿子要干什么

　　你的儿子要杀人

　　要毫无缘由地刺死他从不认识的陌生人

　　诗中设置的"我"与照片上士兵的关系以及"我"对"母亲"的倾诉，当然都出自虚构，但"我"紧紧追问日本海军陆战队的杀戮行为，无疑触及了新闻报道所掩饰的真实。既利用大众媒体的资源，也以诗的想象和虚构，揭示了号称客观报道的大众传媒所具有的掩饰真实的欺瞒，使文本具有多重批判性，这是中野重治当时诗歌写作的策略之一，他的另外一首诗作《朝鲜姑娘们》也属于此类。这首诗前的小序，介绍在一个女子学校，一群女学生奋起反对为日本殖民统治者做帮凶的校长而遭军警镇压的事件，明显带有新闻报道的语调，而正文则用诗句表现，这结构本身或许就是隐喻，暗示真实的场面和细节只能在虚构的情景中表述。

　　《登在报纸上的照片》和《朝鲜姑娘们》所涉及的题材同样值得特别重视。在20世纪20—30年代，中野重治是为数不多以如此鲜明态度批判日本帝国主义对周边国家的殖民侵略，深刻关切和支持殖民地民众的作家之一。在这一系列的作品中，

1929 年 2 月发表于《改造》杂志上的《雨中的品川车站》最为脍炙人口。这是一首送别诗,诗人送别的友人是被日本政府迫害的朝鲜诗人,他们的祖国"被严冬冰封",他们"反抗的心也已冻僵",而中野重治毫不犹豫地把同情给予这些异国的受害者,面对日甚一日的国家权力的高压,勇敢地以辛辣戏谑的笔触描画日本帝国的最高首脑天皇:

黄昏的海洋涛声越来越激越
被雨淋湿的鹤子降落在车库的屋檐上

被雨淋湿的你们想起[追踪]你们的[日本天皇]
被雨淋湿的你们想起[他的胡子 眼睛 猫一样的脊梁]

缓缓下着的雨中绿色的信号灯已经亮起
缓缓下着的雨中你们的瞳孔里怒火偾张

雨水沿着路基石流着流向暗黑的海面
雨水被你们面颊的灼热烫伤

你们黑色的影子穿过检票口

你们白色的衣襟在昏暗的长廊飞扬①

　　由于投身左翼文化运动,中野重治不断受到国家权力的打压,此过程亦是他对马克思主义、阶级斗争的认识不断从观念转为经验和体验的过程。1928 年 3 月 15 日,日本政府鉴于本年 2 月实施的普选中合法的无产阶级政党取得的票数和影响,援引《治安维持法》对 1926 年重新建立且处于地下状态的共产党组织进行大搜捕,中野因参与普罗艺术家联盟的集体寄宿活动而被短期拘留,并于翌年 4 月 16 日再次被拘捕。这次被称为"四一二事件"的大搜捕起诉了共产党员三百多人,日共中央领导机构几乎被毁灭。此后虽屡次重建,但因特高警察派遣的间谍于 1930 年后期潜入中央领导部门,以诱导大批左翼分子加入地下党组织的策略,布下搜捕他们的罗网,遂使日共和左翼运动遭到更沉重打击。对此种情况,中野当时当然无从了解,1930 年 5 月他再次被捕,并没有像前两次那样很快获释,而是被关进监狱,直到 12 月才被保释出狱。

　　发表于 1931 年 7 月的《即从今日开始》,无疑是中野这次

---

　　①　此诗在《改造》1929 年 2 月号发表时日文原题《雨の降る品川駅——＊＊＊記念に　李北満、金浩永におくる》,当时曾遭检查删削。据作者在《「雨の降る品川駅」のこと》(《季刊三千里》第 2 号,1975 年 5 月)一文说:诗题里的"＊＊＊"可能是'御大典'三字,而所谓御大典指的是(昭和)天皇的即位式。这个即位式在 1928 年 11 月 10 日举行,在此之前大批朝鲜人被逮捕并强制送还朝鲜。我也被本乡本富士警察署拘留了二十九天"。译文中方括号内表示的,是初刊时遭检查删削的文字。

狱中体验的产物。诗作不仅表现了诗人面对国家强权不肯屈服的态度，也通过狱友敲击墙壁联络的细节，表达了左翼战友同声呼应的连带感情。同年9月发表的《今晚我倾听你睡眠中的呼吸》一诗里的"你"，是以诗人的妻子——和中野一道投身左翼艺术运动的女演员原泉为原型的，该诗同样写于诗人被保释期间：

今晚我倾听你睡眠中的呼吸

我赞美你对工作的忠实

当我被这个警察移交给那个警察的时候

你总是带着微少的物品随踵而至

就像推着白卵搬家的蚂蚁

但是　如果你为此懈怠了自己的工作

我怎么能够接受你的心意

后来我被送进监狱的时候

你又招着手前来探视

但是　如果

我们的被迫分离不能成为你更好工作的契机

在探视室会面时我怎么能接受你手编的草帽

你一直忠于工作现在也仍然如此

你为了明天的工作要去川越

一个人匆匆地准备

现在你在睡梦中轻轻呼吸

我细细地数着

赞美你呼吸节奏的均匀

均匀的呼吸是勤恳工作的结果

你总是那样忠实于你的工作

如此已经足够了

曾经被迫别离的我们也许还会再度别离

但是　只要我们各自忠实于自己的工作

就没有什么东西能够让我们从本质上分开

剥夺所有手段者也无法剥夺献身这种手段

我数着你的呼吸　赞美那份从容平静

从容地走向未来

立于勤恳工作的安心之上

　　诗作首句所设定的情景：妻子安心入睡的夜晚，发出均匀的呼吸。这本来是一个很平常的生活场景，但在国家权力肆意制造恐怖的年代，却成为革命者很难享有的珍贵时刻。诗人由此场景出发，追溯妻子在自己入狱后勇敢奔走的行为，其中所选取的一些细节：妻子来监狱探视时"招着手"的身姿、特意带来的"手编的草帽"，既以换喻的方式推动诗行的叙事性发展，又剪影般地描画出一个秉持革命理念的女性的从容、坚忍和柔情。诗里反复出现的"我细细地数着""呼吸"，则以近于复沓的修辞，构成回环往复的律动，使"各自忠实于自己的工作"这样的勉励之词，也晕染上了浓郁的感情色彩。这首诗可谓是爱情抒情诗和政治抒情诗融合的典范。

　　大约在 1931 年 8 月,中野重治加入日共,略早于小林多喜二,据有关资料,至 1931 年 3 月止,日共党员的全国总人数大约九十人,而到了 1933 年年末,日共的中央领导体系已被基本摧毁。尽管中野曾在《今晚我倾听你睡眠中的呼吸》诗中预感:"曾经被迫别离的我们也许还会再度别离",现实状况其实远比诗里描述的情形更为严酷,1932 年 5 月保释取消,中野再次被捕,随后屡屡被延长拘留时间,甚至禁止亲友探视,经过多次审讯,于 1934 年 3 月被判处四年徒刑。阴森的监禁生活使他身染肺病,身体、精神均处于极度衰弱状态,被判刑后多次申请保释而不获准,5 月,他被迫承认自己的共产党员身份,承诺不再参与共产主义运动,宣示"转向"而得以出狱。

"再转向"与远离"文艺复兴运动"

但"转向"并没有成为无产阶级作家中野重治文学活动的终结。在当时的日本,从左翼文学队伍"转向"的作家的情形是复杂的,有的人真的跟随政府指令"转向"了右翼,有的人则认为"转向"声明使自己失去了继续参与社会政治活动的资格,蜷缩到所谓纯文学的象牙塔里。这两条道路都不是中野重治所要选择的,他并不信守对国家权力所做的所谓"转向"承诺,却不能不承受"转向"之后的难堪,这甚至包括亲友及社会舆论的误解和冷落,但中野固执地要用写作表示重回左翼的新的"转向"。

保释出狱的中野重治其实面临更为严酷的思想言论统制局面,他此前几次以"思想犯"被捕,都与所谓《治安维持法》的适用范围不断被国家统治机构扩大有关,而如同林淑美指出的那样,中野出狱不久,又逢日本陆军发布题为《国防之本义及其强化的提倡》的宣传指南,宣称"战斗是创造之父,文化之母。……是文化创造的动机,亦是其刺激"。开启了陆军公然干涉政治和思想文化的行为,也加速了把思想文化编组到战争体制的进程。在言论空间如此严酷受限的状况之下,中野重治仍表示"期待意识形态(ideology)的批评",呼吁批评家勇敢对时代的不安做出分析和回应,并且身体力行,公开撰文批评日本政府的文化政策,指出其虽极力"推崇日本精神、特殊的日本文化,却不能以具体事实明示日本文化的构成及其历史、现状"。由此使"日本古典被密封于高阁。日本古典面向国民的公开性、人民大众对之进行自由的研究都被隔断"。中野还把日本政府和蒋介石的国民政府进行比较,认为两者的做法"根本上是一致的",其特点是"以人民的文化为敌",甚至"把也许会留在自己一方的科学家、艺术家也不断地赶向敌方"。并断言:"这是走向灭亡的道路。"

出狱后的中野重治也面临着日本文坛的重新组合。左翼作家已经无法结成独立的团体,而一些被视为自由派或艺术派的作家则表示愿意和"转向"的左翼作家们合作。1933 年 10 月由武田麟太郎、林房雄、川端康成、小林秀雄、横光利一、宇野浩二、井伏鳟二等为创刊同人创办的《文学界》杂志就是这样一种结合。该刊创刊之初标举"文学的自卫运动、文学家的文艺复兴运动",其中所谓"文艺复兴运动",实为左翼文学和文化运动遭遇毁灭性打击之后,直至日本全面侵华战争开始之前,在日本文化界、新闻界颇为流行而又颇有歧义的口号。据曾根博义、铃木贞美等考察,此一话题首先由林房雄提起,而形诸于文字且引起广泛关注则是川端康成写于《文学界》创刊号编后记

的一段话:"此时宛如已见文艺复兴之萌芽,文学杂志丛生,更
为本志所关注,我们乐见此时代新潮,并愿以本志的努力使之
正确发展,同时我们亦将坚守自己的立场。"就此而言,《文学
界》纵使不是"文艺复兴"运动的始作俑者,亦无疑是积极的推
动者。当然,即使同为该刊同人,对"文艺复兴"的理解也实际
上因人而异,有人希望"把文艺创作行为从过去的思想倾向和
政治立场解放出来,重新复兴纯粹的文艺"①,但如横光利一则
主张写作"纯文学的通俗小说",认为"除此以外,文艺复兴绝无
实现之可能"。作为杂志的总体立场,与其说表现在文学理念,
毋宁说更表现在同人构成的兼容并包,乃至被当时的媒体嘲讽
为"吴越同舟"。《文学界》创刊后曾两次休刊,1935 年 1 月再一
次重新起步,由小林秀雄担任责任编辑时,开始与中野重治发
生联系。小林不仅把中野的文章刊载于复刊号的卷头,还努力
劝诱中野加入《文学界》同人,情词恳切,以至中野热泪盈眶,但
最终中野还是流泪谢绝了小林。

　　事情不止于此,中野重治还在其他杂志发表文章点名批评
《文学界》同人,特别是小林秀雄,认为他们代表了"文学上的新
官僚主义",从而引发了所谓"中野—小林论争"。平野谦在战
后梳理"昭和十年前后"的文学史事件,认为《文学界》本来有超
越左右建立同人群体的可能,并极口称赞小林秀雄"负伤者之

---

　　① 参见伊藤整《近代日本の文学史》。伊藤把"复兴纯文艺"视为《文学界》杂
志创刊的动机,似乎有些以偏概全,但如果说这是该刊相当一部分同人的愿望,应
该没有问题。

间不要再争斗"的态度,同时指出,恰恰是中野重治对小林秀雄等《文学界》同人的激烈批评摧毁了建立广泛连带的前提。平野说:"我认为中野重治的态度从整体上看是错误的。在'克普'后期所经历的令人窒息的个人经验之延长线上,作为唯一能够打破这种氛围的窗口的人民战线理论曾让我铭感不已,根据这样的个人实感,我不能不得出这样的结论。如果我断言:在昭和十一二年,亦即日中战争爆发前后这一关键时期,中野重治没能充分理解以反法西斯为根本任务的人民战线的战术,应该是没有什么问题的。"①

平野谦以"左翼文学过来人"的身份发言,对自己所做的历史性判断充满信心,但作为后来的研究者,我们仍需对其进行重新检验。而检验的关键环节,无疑在于考察中野重治缘何以及怎样批评《文学界》同人。且看中野第一篇批评文章《某日感想》,该文开篇即云:

> 横光利一、林房雄、小林秀雄、川端康成一干人等都开始发表文艺恳话会拥护论,这很有趣。我辈原本以为,为恳话会辩护的应该是近松秋江、中村武罗夫之类的作家,所以现在只能羞愧于自己的认识不足。从"纯文学作家"到"普罗列塔利亚作家"都积极表态拥护,"据说为人很好

---

① 平野文中提及的"克普",日本无产阶级文化联盟的简称(日文写作コップ),是继"纳普"(日文写作ナップ)即全日本无产者艺术联盟之后于1931年11月成立的,1933年被迫停止活动。

的"松本学也许会非常高兴，但这并无意义，这些人的拥护论（仅就速记稿所记而言）从头至尾都是错的。

从上面引文不难看出，中野没有隐晦自己的观点，他关注的问题核心即在如何看待"文艺恳话会"——这个由当时的内务省警保局局长亦即特高警察首脑松本学实际主导的所谓文学团体，自然是为国家权力管控思想和言论服务的，身带思想犯标签的中野对这样的机构首脑公开说不，无疑需要巨大勇气，也可能付出巨大代价，而他坚持这样做，表明他对文坛同人整体屈从国家权力之趋向的忧虑和痛心。如同他随后陆续发表的几篇同类文章一样，他对横光利一、小林秀雄等人提出犀利批评，其实是期望这些优秀的作家不要成为"政治新官僚主义在文学领域的正统嫡子"。中野重治对《文学界》同人的批评，显然不属于文学家之间的意气之争。在此意义上，与其说中野对"人民战线理论"或曰"反法西斯统一战线"缺少理解，毋宁说他坚持的是"有原则的统一战线"。

与《文学界》保持距离，当然也意味着和该刊推动的"文艺复兴运动"保持距离，中野重治应该意识到了这一运动口号潜在的欺瞒性，不愿意以自己的写作为所谓的"文艺复兴"增添虚饰的花环。如果说，这一时期中野的评论、杂文乃至小品写作，多为针对社会、文化现象而发，他虚构性的创作，特别是小说，则多为追问自己内心之作。其中的代表作《乡村之家》描写青年大学生勉次因参与左翼文化运动被捕，"转向"出狱后回到家乡,勉次的父亲孙藏为了子女的教育辛劳半生,自然希望儿子出人头地,遭遇如此变故,他深感失望,虽然他"不为儿子进监狱而感到自卑",甚至觉得"勉次他们的幻想和干的事情太天真了",但他也认为,儿子既然已经"转向",就应该放弃文笔生涯。面对父亲的逼问,勉次内心纠结不已,最后做出了这样的回答:"我明白您的意思。但我还是要继续写下去。"

《乡村之家》是自叙传色彩鲜明的小说,勉次的经历和心理状态,和作者中野重治可重合之处甚多,而值得注意的是,中野没有把勉次和孙藏的关系简化为父与子的新旧思想冲突,同样,也没有把勉次的选择写得多么理直气壮,小说结尾这样描述:

> 勉次觉得自己的回答是正确的。但同时觉得其正确程度也不过仅此而已,因为究竟正确还是不准确那是未来的事情。他并没有什么自信。他感觉自己有些醉了,突然变得浑身倦怠。

也就是说,勉次决意继续写下去,并非是因为某种外在的理论教诲,而是在自身的生活经验中生发出来的愿望,他本人也未必能做出清晰的理论说明,但唯其如此,这种选择才更为坚韧可信。

加藤周一认为:马克思主义改变了日本无产阶级作家的生活,但没有改变他们贴近生活创作小说的文学观,小林多喜二、宫本百合子、中野重治的小说所描写的主人公的生活，都没有超出这些作者的实际生活范围。"他们的生活和经验，作为日本的小说家是新鲜的，但小说技法并不新鲜"。这是一个相当深刻的观察。作为无产阶级文学家，中野重治的小说写作其实就是他社会实践的一部分，他的艺术创新和他生活经验的改变、主体的改塑是连在一起的。而由是观之，加藤周一的观点也不无可质疑之处，中野重治不惜遍体鳞伤，承受身心创痛，探索社会理念和生活经验、语言表现的交织混融，这岂不是比单纯经营小说技法者更具前卫性的实验？进而言之，对中野重治所探索的艺术方法的漠视，是否也表现了批评家的视野偏狭和解释乏力？

余　语

　　中野重治的动向曾引起中国左翼作家的关注，1934 年 11 月鲁迅给萧军、萧红的信里写道："中野重治的作品，除那一本外，中国没有。他也转向了，日本的左翼作家，现在没有转向的，只剩了两个（藏原与宫本），我看你们一定会吃惊的，以为他们真不如中国左翼的坚硬。不过事情是要比较而论的，他们那边的压迫法，真也有组织，无微不至，他们是德国式的，精密，周到，中国倘一仿用，那就又是一个情形了。"据收信人萧军说，他和萧红读了中野重治的小说"发生了好感，就还想读一读这位作家的其他作品，所以就写信询问鲁迅先生，因此也就得知这位作家也'转向'了"。萧军还分析说："从信中可以体会到鲁迅先生对于日本某些作家们的'转向'，是给以一定的'谅解'并未加以'深责'。"

　　鲁迅的分析和判断，自然是来自他对革命斗争艰巨性、复杂性的深刻体认和对日本社会、日本左翼文坛的透彻了解，而中野重治自从"转向"出狱之后，其实也一直没有停止对"转向"

行为进行追问和剖析。中野没有用自己出狱后的重新"转向"来掩饰狱中"转向"的孱弱和动摇，甚至直到二战以后，他仍通过各类体式的作品对自己内心的晦暗进行叩问，写于战后的短篇小说《广重》，即是这一谱系上的杰作。

《广重》最初发表于《新潮》杂志1951年7月号上，小说以主人公"我"和德川时代浮世绘画家广重的关系为线索展开情节，开篇第一句就说："这段日子，我喜欢上了广重。"但接下来的文字，却写的是广重和"我"的距离。作为一个乡村的孩子，少年时代的"我"无缘和浮世绘画家广重相遇，甚至不知版画为何物，长大以后，"我"的审美趣味和所处的景况，也决定了"我"无法在广重的画作上产生共鸣。"我"是在一个特殊的日子"突然喜欢上了广重"的，那一天，应该是在1936年，是日本帝国政府所谓《观察保护法》刚刚实施的日子。在"这段日子"里，作为一个左翼文学家，"我"满怀"转向"后的屈辱，经历了亲人的生离死别，承受着国家权力的重压，苦闷无告，德川时代的浮世绘画家广重突然向"我"显示了魅力。"我"注意到，广重的画作，并没有高昂的激情和空洞的理念，而是以朴实的笔致，描绘普通人的日常生活和朴素感情：

> 普通百姓商人的哀伤，潜意识层面中对政治权力的恐惧，接连遭受风雨、洪水威胁的生活，用自然涌现出来的诙谐逃避现实苦难，发现真正美好的东西时的愉悦，以及发现美好事物的智慧，这些，就是广重其人。

广重和他的画作,不仅给"我"以精神慰藉,也作为一面镜子,帮助"我"思考文化人艺术家怎样把自己的理想、信念和艺术追求,融入最平凡的日常生活之中,而这恰恰是当时的左翼日本知识分子所缺乏的,所以他们才不可避免地在世事沉浮中患得患失,甚至变节"转向"。林淑美注意到,小说《广重》开篇所说的"这段日子",其实是一个很长的时段,它的上限在 1936 年,下限则可以定在小说写作的年份:1954 年。这已经是在二战结束以后,"我"获得了自由,但"我"对广重的喜爱非但没有因为时世的变迁而消减,反倒变得更为深切。因为尽管战后的"世界变得明亮",但人仍然不可避免地要面对艰难。小说写到,在战后,面对家乡遭遇的地震和洪水,"我"表现得无力而又无能:

> 在这种景况下,我深深感到我们缺少必要的生存智慧。也许叫做智慧或者知识都不准确。在炒锅和煮锅、木炭都没有的情况下,怎么弄吃的? 无房无屋的时候,怎么搭个小棚子遮蔽风雨? 全村都被水泡上了的时候,怎么制造筏子和船? 柴刀和锯子被水冲走了以后,怎么砍竹劈材? 对这些我都全无知识。这些确实让我深感无力。在这样的情绪中,我想起了广重。现在我内心潜藏的人性软弱,似乎远远超过了广重作品中所表现的。

敢于直面内心深处潜藏的人性弱点,是克服这些弱点的前提。《广重》带有浓厚的自叙传色彩,"我"的经历和思考与中野

重治的实际经历多有重合。战后的乐观气氛,或许让他联想到
当年左翼运动高涨的岁月,联想到包括自己在内的左翼文学家
们在大潮起时的昂扬亢奋,大潮跌落后的无地彷徨,他没有疏
远广重,意味着他没有忘记苦难曲折的精神历程,没有丢弃自
我省思的镜子,在剖析社会现实的同时,始终不忘记剖析自己,
这正是中野重治的魅力所在。大江健三郎所说的"晚于鲁迅开
始文学活动的中野重治是日本唯一能够在文学和人品上接近
鲁迅的作家",或许应该从这样的意义上理解。

VI 自我与他者的再确认 *

——堀田善卫的早期写作与鲁迅的路标
意义

* 原刊于《山东社会科学》2012 年第 11 期。

日本的鲁迅阅读史
与中国新文学"走向世界"

首先想提起一件往事,尽管对于我来说那情景仍然鲜活生动如在眼前,但岁月流过七年之久,引发本文写作的契机性人物日本著名作家、学者加藤周一已经成了故人。那是 2005 年 3月 29 日,一个风和日丽的日子。上午,应邀来北京讲学的加藤周一先生利用正式讲演前的空隙,在清华大学出席了一个小型座谈会。当谈到他那些针砭时弊的文字在当下日本社会并不能被很多人理解甚至常常受到误解时,凝重的神色里明显地流露出孤寂和凄凉。沉默了片刻之后,他用深沉的语调吟诵了一句诗,来表达自己的心情:横眉冷对千夫指,俯首甘为孺子牛。

加藤周一先生是用日语诵读的,我记得当时担任翻译的 L君愣了一下,随后才转过神来,译出了鲁迅先生的诗句。加藤周一不是研究中国问题的学者,文学创作以外,他的研究领域主要是欧洲和日本的文学、文化与思想。他或许考虑到了座谈会的场合,考虑到了自己面对的中国听众,但他此时脱口诵出鲁迅的诗句，却很明显不是有意准备的，而是他知识素养的自然流露。不知在场的其他朋友做何感想，对于我来说，这一细节确实触发了很多感慨，让我想到鲁迅和日本，想到鲁迅在日本被阅读和接受的历史，以及相关的中国新文学走向世界的问题。

东京大学教授藤井省三曾多次写到，在日本，鲁迅"既是一个外国作家，同时也享受国民文学式的待遇"。在日语脉络中，藤井所说的"国民文学"具有怎样的含义呢？据日本权威的辞典《广辞苑》解释，"国民文学"指的是"在近代民族国家形成的过程中，使用本国语言独自创造出来的文学。是得到全体国民特别喜爱、引以为傲的文学"。按照这样的标准，仅就使用的书写语言而论，鲁迅的作品就不符合起码的条件，更不要说另外那个标准：让日本"全体国民""引以为傲"了。藤井应该是考虑到了这一点，所以谨慎地把"享受国民文学式的待遇"的鲁迅，限定在翻译成日文的鲁迅。据藤井考察，从 20 世纪初期的零星介绍，到鲁迅逝世第二年《大鲁迅全集》(全七卷)出版，再到二战以后，各种各样的鲁迅作品日译本问世，在日本，鲁迅作品的翻译一直绵延相继。藤井特别提到，自 1956 年日本的教育出版社把鲁迅的短篇小说《故乡》选入中学国语教科书以后，其他一些出版社也相继仿效，到中日两国恢复邦交的 1972 年，日本五家垄断经营中学教科书的出版社，都在《国语》教科书亦即语文课本里选用了竹内好翻译的《故乡》。也就是说，1972 年以来，"这三十年间，几乎所有的日本人都在中学读过《故乡》。这样的作家,无论国内还是国外,都是不多见的。可以说,他是近似于国民作家的存在"。

中学国语教科书当然不会是日本读者接触鲁迅的唯一途径,却无疑是一个显著标志,标志翻译成日文的鲁迅作品,已经作为经典,浸入了一般日本人的知识结构和文化素养当中。从这一意义说,藤井省三确实指出了日本的鲁迅接受史上一个重要的现象。这样的现象当然可以说明鲁迅的影响巨大,甚至还可以此为例证,说明以鲁迅为代表的中国新文学如何"走向了世界"。但如果我们从藤井提示的现象,注意到经由翻译转换的鲁迅实际已经进入了另外一种语言脉络和阅读体制,从而去追问和探究,作为翻译文学,鲁迅的作品在另一种脉络里怎样被阅读和接受,与异国读者构成了怎样的关系,也许比单纯陶醉于中国新文学的"世界影响"之类的佳话更具有学术生产性。

但是,迄今为止有关鲁迅在日本的阅读史研究,其实大都集中在对鲁迅研究史的考察,这样的考察,自然主要是围绕着鲁迅作品的专业翻译者、研究者进行的,实际上忽略了专家以外人数众多的一般读者。而事实上,恰恰是这些一般读者,才是作为翻译文学的鲁迅的主要读者。当然,把鲁迅接受史的研究推进到一般读者层面并非易事,因为融化在这些读者的知识和修养中的文学,类似于水中之盐,没有明显的踪迹可寻,从这个层面讨论,也许需要另外一套方法,但诸如采访、问卷等手段更适于现状调查而很难应用于历史研究,有鉴于此,本文把考察对象确定为一位特殊的读者:即曾经写过关于鲁迅的文章的日本作家堀田善卫。

这自然因为堀田写下的文字为我们提供了可以追寻的线索，而他又主要通过翻译来阅读鲁迅，在这一点上，和日本一般读者的距离远比日本的鲁迅研究专家们更为接近；同时也因为，作为二战结束后以"国际作家"知名的堀田善卫始终对包括中国在内的第三世界国家和地区抱有热切的关心，积极参与和推动亚非作家会议运动，并把自己的国际体验融入文学写作，以一批优秀作品影响了包括后来获得诺贝尔文学奖的大江健三郎在内的青年作家及众多日本读者。在战后的一段时间内，很多日本读者是通过堀田的作品认识第三世界、认识中国的。而如同下面所引述的那样，堀田不止一次谈到，在其人生和文学写作道路上，鲁迅曾是他的精神坐标和思想资源之一。综合以上几点，可以说，堀田对鲁迅的阅读与理解，应该是鲁迅乃至中国新文学在日语脉络中被阅读和接受的历史上一个有特色的个案。

堀田善卫：
在由欧入亚的时刻与鲁迅相遇

　　1952 年，堀田善卫以小说《广场的孤独》《汉奸》获得第二十六届芥川文学奖，成为"战后派"文学中引人瞩目的存在。但是，堀田的文学活动其实开始得更早。他于 1936 年考入庆应义塾大学预科，专业本来是政治学，但兴趣却在文学，所以，进入本科后便从法学部转到了文学部，就读于法国文学系，并很快成为《荒地》《山树》等诗歌杂志的同人。据有关资料介绍，当时堀田最倾心的是波德莱尔、马拉美、瓦雷里、兰波等象征主义诗人，以及巴尔扎克的小说、尼采的著作，同时，也读到了一些马克思主义的书。总体说来，在这一时期，堀田和他周围的同人们都沉浸在欧洲文学、艺术和思想的氛围里，和中国文学，尤其是五四以后的中国新文学，几乎没有什么关联。那么，他是在什么时候、在怎样的情景中接触到鲁迅的呢？在《鲁迅的墓》一文里，堀田说：

> 我热心阅读鲁迅,是在 1942 年冬到 1943 年秋季之
> 间。为什么会是在 1942 年冬到 1943 年秋季之间呢?因
> 为那期间我生了病,被逐出了军队。就在那段时间里,我
> 通读了改造社出版的《大鲁迅全集》⋯⋯

堀田的这段话说得比较简略,需要补充若干被省略的环节
才能读得明白。以上引文中说到的 1942 年,在堀田的生活史
上是一个转折,这年 9 月,他从庆应义塾大学毕业。而按照日
本的学制,堀田的毕业时间本应在 1943 年 3 月,因为战争的需
要,被提前了半年。若干年后,堀田还对此耿耿于怀,认为是被
国家强行赶出了校门。同年 10 月,堀田就职于日本国际文化
振兴会,一年以后,转到日本海军军令部欧洲军事情报临时调
查部。在这个机构里,他被分配翻译法文的军事情报,如法国
抵抗运动领导者利用英国 BBC 广播发往法国国内的信息,但
因为不知密码,翻译过来也不知其意。用堀田的话说,他和一
批文化人,当时做的都是这种毫无用处的愚蠢工作。

后来,在《难忘的断章·鲁迅的〈希望〉》一文里,堀田再次
谈到和鲁迅作品的最初相遇。他说,他是在征召令到来之前的
痛苦绝望时期,"偶然地买了《大鲁迅全集》读了起来"。最初读
到鲁迅《野草》中的《希望》就在这一时期,亦即"1942 年的冬
季"。其实,在写于《鲁迅的墓》和《难忘的断章·鲁迅的〈希
望〉》之前的《鲁迅的墓及其他》一文里,堀田把自己和鲁迅作品
的相遇过程描述得更为具体,在此仅把其中的几段相关文字摘

录如下：

> 1943 年，夏季的一天，征召令解除，我走出富山陆军医院的大门。……在征召令到来之前，我买了改造社版的《大鲁迅全集》，只读了一两册。为什么学法国文学出身的我买了这么一大套全集？这是因为印在岩波文库版鲁迅选集上的作者的面部照片，那神情曾莫名地炙灼着我的头，给我留下了无法割舍的印象。

> 对于收在岩波文库版里的小说类作品，当时我几乎都不敢恭维，觉得写法笨拙。我觉得，比起写小说，虽然我不能确切知道那事情是什么，但作者似乎是一个有着堆积如山不得不做的事情的人，是一个不得不把小说作为那山一般堆积着的、必须去做的事情之一小部分的人，是一个担负着这样命运的人。

> 征召令解除，回到家里，我捧起了改造社版的《大鲁迅全集》。……

需要注意，以上所引堀田谈论鲁迅的文章，都写于 20 世纪 50 年代至 20 世纪 60 年代，是作者对 20 世纪 40 年代往事的回忆，其中不无记忆误差，我们依据这些文字考察堀田当年的思想状况，是要进行一些辨析的。首先，有关最初接触鲁迅作品的时间，堀田一直说是在"征召令"到来之前，但对这个最让他焦虑纠结的"征召令"的到来时间，却说得比较含混，有时笼统说是"在 1942 年冬到 1943 年秋季",有时则明确地说是在"1943 年 2 月",但根据堀田在 20 世纪 40 年代作为同人参与的《批评》杂志上的相关记载,可以知道这个"征召令"到来的确切时间应该是"1944 年 1 月"①。即便如此,我们仍然无法判定堀田最初接触鲁迅著作的确切时间,但可以此为标志梳理出一个大概的线索:即堀田善卫最初接触鲁迅,是在他大学毕业之后,征召入伍的命令到来之前。他首先读到的是岩波书店版的《鲁迅选集》,这是日本著名作家佐藤春夫和当时还很年轻的学者增田涉共同翻译,1935 年由岩波书店出版的。随后,堀田又购买了改造社出版的《大鲁迅全集》。如所周知,增田涉 1931 年持佐藤春夫的介绍信到上海,通过内山书店主人内山完造先生结识鲁迅后,即从鲁迅学习中国小说史,成为亲密的师徒。1935 年增田和佐藤应岩波书店之邀译编《鲁迅选集》,曾得到鲁迅的认可和授权②。增田后来说:"我觉得这个文库本对把鲁迅比较广泛地介绍到日本起到了作用,虽然记不准确,但大约十万册左右,我想那是卖了出去。"至于《大鲁迅全集》,则是在鲁

---

① 在《批评》杂志第 6 卷第 2 号(1944 年 2 月 1 日发行)署名山本的"后记"里写道:"堀田善卫应征";同刊第 6 卷第 4 号(1944 年 4 月 1 日发行)所载堀田善卫《西行(四)原高贵性(二)》一文末尾,附有作者所写短文《别离辞》,开头第一句便说:"文章写到这里的时候,笔者接到了征召令。"此文所记写作时间为"昭和十九年一月二十六日"。另,同期《批评》还刊载了《堀田善衛君の応召を送る序》,都可证明堀田收到征召令是在 1944 年 1 月。

② 鲁迅 1934 年 12 月 2 日《致增田涉》说:"《某氏集》请全权处理。我看要放进去的,一篇也没有了。只有《藤野先生》一篇,请译出补进去。"信中所说"《某氏集》",即指"岩波文库"版《鲁迅选集》。

迅逝世之后由改造社组织翻译的,共七卷,收集了当时所能见到的鲁迅的绝大部分作品,至 1937 年出齐。藤井省三认为,《大鲁迅全集》出版之后,"在日本的读书界,鲁迅遂成为不能忘怀的名字"。如果考虑到其时正当日本发动全面侵华战争的前夜,日本读者出自各种不同目的竞相阅读有关中国的书籍,改造社大规模出版鲁迅的作品,也可谓抓住了时机,当然,同时也为堀田善卫这样的后来读者阅读鲁迅提供了条件。

　　而堀田的关心之所以由法国及欧洲文学转向中国,转向鲁迅,无疑也和他当时的现实处境及精神状态有关。就此而言,在这几篇文章里不断出现的"征召"一词值得特别注意,这显然是引起堀田精神焦虑的最重要因素。堀田当然清楚,日本的国家权力之所以强行把青年学生提早赶出校门,目的并非是要把他们闲置在闲散的机构里,而是准备把他们送往战场。所谓"征召令",就是悬在头上的一把利剑,随时可能落下,打断他的人生和文学写作的进程。堀田后来曾这样描述说:

　　　　战争早已开始,报纸上每天都是"势如破竹、战果赫赫"之类的标题。而我的心思全在诗歌、小说和评论的写作上。我有无限多的东西要写。

　　　　可是,尽管我一直想拼命地写下去,内心里萦回不去的却是这样的思绪:在写作完成之前,如果征兵通知来到,所有的一切,包括自己的生命和人生,就都要半途而废了。周围的朋友们连续不断地被征召入伍,日本军队势如破竹的攻势和赫赫战果，都不能使我的绝望转换成希望。

不必说，在当时，日本军队的主要战场在中国，面对一个自己命定将要前往的地方，产生了解的愿望，是很自然的。对堀田来说，尽管这并非出自他自己的本意，但日本侵略中国和亚洲的战争，无疑是促成他的文学关心"由欧入亚"的重要背景①。

---

① 据堀田善卫回忆，他记得自己"最初接触中国的现代文学，是在 1941 或 1942 年的时候"，首先读到的是小田岳夫根据茅盾小说《蚀》编译而成的《大过渡时代》。

堀田的早期文学评论与鲁迅的潜在影响

　　前面说到,堀田善卫读大学时就开始写诗,但他真正进入文坛,则是在走出大学校门加入《批评》杂志同人行列之后。《批评》杂志发刊于 1939 年 8 月,到 1945 年 2 月停办,总计印行五十六期。该杂志最初由山本健吉、中村光夫、吉田健一等创办,堀田善卫自 1943 年开始参与,先后在该刊发表诗歌六首,评论和随笔五篇,其中论述日本中世著名和歌诗人、出家为僧的西行的长篇论文《西行》,先后连载了五期。此时的堀田,主要是以文学评论家的面目出现的,其思想也主要体现在他的评论文字里。查检堀田这一时期的文章,可以看到,他所谈论的,从日本的古典、现代作家到欧洲的文学艺术,所涉内容相当广泛,而弥漫在各篇文章中的,确实是一种苦闷绝望的情绪。在随笔《关于未来》的开篇,堀田曾这样描述当时的状况:

　　　　清晨,起身离开的时候,也许不会重新归来的念头便在朝阳的光线中穿梭飘浮。即使走在黄昏的归途,我觉得也不能充分理解"归途"一词所包含的所有意思。大致与此相同的,可以说还有"前进"。如果说自己在动,确实是在动,而周围也在一起运动。如果这样以为,这是真正地在动吗?

我的这种状态,似乎既不是漂泊,也不是停滞。不过,如果说是向前行进,确实可以感到激烈的向前;说是沉潜,则可以感受到一种纵深。倘若夸张一些说,甚至感觉到一种类似地球转动似的运动。

这种进退不得、去归无定的悬空状态,既是堀田对自己当时生活处境的描述,也是他内心情绪的表露。在征召令随时可来,也就是随时可能被命令去赴死的严酷境况中,堀田没有试图以写作制造超然于现实的幻影,而是全力把自己被迫面对死亡时的紧张思索灌注于写作行为之中。堀田很诚实地表示:"在内心已经深怀确实而痛切的死的感受之时,所谓未来,以及现在,觉得都成了完全不能理解的东西。甚至觉得所谓过去,也是混乱不清的。"由此可以看到,当时的堀田自己也理不清自己的思绪,他不时陷入绝望和虚无,但又努力挣扎着振作。在同一篇文章里,他说:"当死成为贴近身边的墙壁的时候,我们要竭尽全力度过每个生的瞬间。"而作为一个文学青年,堀田把艺术视为思考生与死问题的基石。他说:

我认为,在以死这一界限为前提的情形下,思考面向未来的生,不可能有比艺术更为可靠的基石。

作家、评论家中村真一郎在阅读堀田早期的评论文字时特别注意到这句话,指出:在这里,"艺术是作为截断了有限之生的死的对抗物被提出来"的。他认为,堀田在随笔《关于未来》里谈到了"当时对他而言最大的人生课题",那就是"死和艺术"。中村说:"在平时,美、艺术是使生更为丰富的存在,但对于昭和十年以后年龄在二十岁的人来说,能够超克凸显到眼前的死——那是以战争的形式出现的——令人讨厌的死的,是艺术、美。"

中村真一郎和堀田善卫同年出生,经历相仿且交往密切,他结合同时代人的经验所做的判断,表现出了特别的洞见,但我们还应该在中村的分析上更进一步,考察当时堀田所理解的艺术和美究竟意味着什么。翻检堀田早期的评论可以看到,他没有把美或艺术视为超然、静止、自律自足的存在。在《关于未来》一文里,堀田虽然认为艺术作品诞生之后,会脱离它的制作者而独立,但同时也指出,这只是在把作品作为主体考察时的解释,如果把作品的制作者也就是人作为主体予以考虑,则应该说,所谓作品的独立不过是其结果,作者和作品,其实处于一种"相互角逐搏斗"的关系。大概是出于这样的认识,堀田的早期评论,并没有把作品和作者切割开来做封闭式分析,而是更关注作品的制作者的思想和精神状态。如在《海利根斯塔特遗书》一文,堀田首先从贝多芬遭遇听力减弱的困境入手提起话题，然后分析说，失聪并不是导致贝多芬精神危机的致命伤，而是促使他迈向"精神王国"更高阶段的契机；贝多芬因失聪而到海利根斯塔特休养时写下的"遗书"，表露的是对宿命的觉悟、内在激情的燃烧和朝向理想孤独地进行艺术创造的决心。堀田进而指出：贝多芬的"遗书"，是他遵从自己内心激情发出的"理想"宣言，是他对自己所爱的人、将要诀别的人的痛切致歉，是《葬礼进行曲》，是决然掉头而去的告别词①。在同一篇文章里，堀田还由贝多芬谈到歌德，他认为，有人把歌德临终前的最后要求视为诗人的遗言，其实是不够确切的。歌德要求"再多一些光亮"，并非临终前的突然觉悟，而是这位伟大诗人毕生始终如一的追求。

在早期的评论文字里，堀田曾以不同的表述方式多次排列、分析欧洲文艺从古典派到浪漫派乃至现代派的谱系，他把古典主义音乐家巴赫、亨德尔、海顿、莫扎特、贝多芬等称为"伟大的血统"，认为"即使欧洲的末日来临，这些音乐也将像夕阳染红了的阿尔卑斯山那样巍然耸立"。堀田特别指出了贝多芬与深受他的影响的"正统浪漫派"的差异，认为与贝多芬相比，西欧的正统浪漫派表现出了更多的哀愁和没落，而浪漫派以后的现代音乐，则成了没有旋律的片断颤音。对于文学，堀田也持类似的看法。他对 19 世纪末欧洲艺术中的"绝望之美"，对

---

① 所谓《海利根斯塔特遗书》，是贝多芬写给友人倾诉自己内心痛苦的信，在作曲家死后被发现，《大众音乐报》发表时称其为"遗嘱"。

"20 世纪前半的绝望感觉的文学",都有深刻的理解,同时也倾心于歌德对"光亮"的渴望,看重席勒对"欢乐"的赞颂。

概言之,在堀田的早期评论里,"绝望""绝望感觉""理想""光亮"等词语频繁出现,可知这是缠绕在作者内心挥之不去的情结,而其中所谓"理想"和"光亮",又大都停留在抽象层面,缺少具体的内涵。在这样的脉络中,堀田对鲁迅的《野草》,特别是其中的《希望》一文产生共鸣,是很自然的。尽管堀田的早期评论没有言及鲁迅,是一个毋庸讳言的事实,但鲁迅的潜在影响无疑是存在的,所以他后来才不止一次地在回忆文章里提起。

前面已经引录过堀田此类回忆文字,在此可以再做补充的是,在《鲁迅的墓及其他》一文里堀田说过,当年他曾计划写作日本现代作家和鲁迅的比较论,所以把初读鲁迅的感受记在了笔记本上,而他后来在文章中对鲁迅面部神情的描述,就来自旧日的笔记:

> 总是在悲伤中夹杂着愤怒,愤怒里混合着忧伤,在怅惘中呐喊,呐喊中萦回着怅惘,深知人心内的无底深渊,彻底战斗一直到死。就是这样一张无法言说难以形容的面孔。望着鲁迅从鼻子两侧到嘴角两端的凹陷处,寒气凛然而至。具有如此悲惨而高贵面孔的人,一个世纪当中,并不会很多,或许最多也就是一个或两个。

在同一篇文章堀田还写到，和鲁迅头像一样震撼了他的还有《野草·希望》里的诗句，他从中感到了一种"绝望"的共鸣：

> "绝望之为虚妄，正与希望相同。"这是散文诗《希望》中的一句。这句诗，在此后的战争日子里，一直支持着我……
>
> 这样的诗句，尽管是鲁迅从匈牙利诗人裴多菲那里发现的，但也完全可以由此看出，鲁迅的内心是多么深刻的绝望。那时正迷恋绝望的我，从内心深处受到了强烈震撼。

在《难忘的断章·鲁迅的〈希望〉》一文，堀田更为详细地描述了自己当时的精神状态和阅读《希望》的感受。他说，在《大鲁迅全集》里，自己看到了一个前所未见的精神世界："我觉得，在那里，既存在着无论法国文学还是马克思主义文献里都不曾有的亲切，也存在着那两者之中同样没有的激烈。"但堀田是否由此获得了摆脱绝望情绪的力量了呢？显然没有。在同一篇文章里，堀田说，这一时期，他曾接触到日本的反战人士，听到他们动员人民制止战争的主张，但在当时，"对这些庄严的反战的和革命的宣言，我并不相信。不是半信半疑，而是完全不信"。他引用鲁迅《野草·希望》中的话形容自己当时的心情："这以前，我的心也曾充满过血腥的歌声：血和铁，火焰和毒，恢复和报仇。而忽而这些都空虚了。"

也就是说,此时的堀田,虽然从鲁迅作品中感受到了"亲切""激烈""血和铁",同时,也对其中的"空虚""绝望"情绪深怀共鸣,甚至可能是后者对他更有吸引力,所以,后来回忆起当时的情景,堀田才会认为《希望》中的那句名言"绝望之为虚妄,正与希望相同",既是激励的力量,同时也是"有毒"的,并说:"这有毒的言辞从战争期间到战后一直支撑着我,或者说是既使我成熟也让我堕落。"联系堀田此一时期有关欧洲文艺的评论,可以看到,这种情绪和认识,在当时堀田的精神世界里是一致的,他没有在事后的回忆里拔高自己,也没有夸大鲁迅影响的作用。而另外一个可证明堀田回忆文字诚实性的事件,是他后来去中国不久即专门拜谒了鲁迅的墓,时间在 1945 年 6 月,同行者有武田泰淳、菊池租。那时堀田还没有在文章里直接谈到鲁迅,这一行为更显示了鲁迅在他心里所占的分量。

"上海物语"与鲁迅形象的意义

  在此应该介绍堀田善卫的第一次中国之行。本来，堀田极有可能以从军士兵的身份"前往中国"，这也是让他最为焦虑的，但一个意外事件让他的人生道路发生了改变。1944 年 2 月堀田确曾应召入伍，但参加新兵训练的第十天便因胸部疾患住进了医院，且一住就是三个月，出院以后，对他的征召令解除，他的军人生涯即告结束，又重新回到国际文化振兴会就职。1945 年 3 月，在亲历了美军飞机对东京的大轰炸之后，堀田决意离开日本本土。同月 24 日，他搭乘通过关系获得座位的军用飞机抵达上海，在国际文化振兴会设在上海的资料室工作，8 月，在上海迎来日本的战败投降。

  关于堀田在日本战败前决然离开本国的动机，在 1952 年 2 月 25 日祝贺他获得芥川文学奖的庆祝会上，他曾做过说明。这个庆祝会是由日本的近代文学研究会、中国文学研究会、《荒地》文学社共同举办的，堀田善卫作为获奖者发表致词说：今天有很多初次谋面或仅仅通过作品了解我的新朋友来参加庆祝会，按照常理，我应该介绍一下我的文学履历，不过，因为在别的地方我已经写过类似的东西，所以，我想还是应该讲讲那以后的事情，也就是我决定奔赴仍处于战争之中的中国的动机，以及后来归国开始战后的工作这段期间的事情。接下来，堀田这样说：

> 十九年，当我被征召入伍而不久因病遣归的时候，我买了《鲁迅全集》，读了一遍。为什么买《鲁迅全集》，现在怎么也记不清了，总之，确实是买了，读了。而在全集中，确实收有散文诗《野草》，在其中的一首诗里，有这样一句：
> 　绝望之为虚妄，正与希望相同。
> 　这句诗，给处于战争绝望或者说是自暴自弃情绪之中的我以猛烈的一击。……现在回想起来，如果说这句诗对我的另一影响，是让我产生了前往中国的念头，我觉得绝非夸大其辞。

如前所述，堀田回忆自己经历的文字前后常有出入，如此次致词中说到在"（昭和）十九年"亦即 1944 年购买了《鲁迅全集》，就和他的另外几篇文章的说法不同。但这些细节上的出入不妨碍我们把握堀田与鲁迅的基本关系，从军队医院出来的堀田已经接触到鲁迅，并心有所感，应该是没有疑问的。问题在于堀田说鲁迅《野草·希望》里的诗句，促使他"产生了前往中国的念头"，我们对此不能过于简单理解。首先应该看到，作为获奖庆祝会的致词，即使从礼节上，堀田也会考虑到主办方之一的中国文学研究会的存在，有意提到与中国文学有关的话题。第二，从堀田在致词中所用的假设性修辞，可以看出他在谈鲁迅文章里的诗句的"另一影响"时，是在做事后追认，而非重述事前即已清晰存在的目的意识。第三，堀田在另外的场合谈到他在战争末期决意离开日本的动机，更多强调的是他亲眼目睹昭和天皇到轰炸后的现场视察，"臣民"们跪拜在废墟上谢罪的情景，引起的失望和愤怒。在当时的堀田内心，已经产生了"这究竟是谁的罪责"的疑问。第四，堀田还曾谈到他当时的目标，是想经由中国前往欧洲。第五，也有堀田的好友认为，堀田离开日本，与他当时的家庭纠葛也有一定关系。综合这些因素，可以看到，促使堀田离开日本奔赴上海的因素是多元的，"鲁迅影响"要放到多重纠结的脉络中进行考察，才能准确评估其意义和作用。

同样还应该看到，到达上海以后，堀田进入了一个新的环境。如果说，包括鲁迅在内的多种因素促使堀田从日本本土来到上海，是他挣脱绝望、希望有所作为的第一步，那么，到了上海以后，如何认识自己在新环境中的位置，选择怎样的生活，对于堀田而言，又成了一个新的问题。虽然堀田滞留上海的时间仅仅一年零十个月，中间却经历了日本战败这样一个巨大的划时代变动，这使他对自己及环境的认识与判断变得更为严峻。从堀田后来的文章与小说作品可以看到，在此过程中，他确实不断把鲁迅作为自己思考的资源和坐标。而随着堀田思想的变化,他从鲁迅及其作品里感受到的意义也有所变化。

堀田初到上海时,日本即将战败的气氛已经很明显,加之通货膨胀严重,使得他在任职机构几乎无事能做。但当时的上海毕竟还被日本占领,属于汪精卫南京伪政府的管辖区域,堀田所在的机构,以促进"国际文化交流"为旗帜,但当时他们所谓的"国际",无疑主要是在日本勾画的"大东亚"范围内,他们的活动,自然也要编组到所谓"大东亚共荣"的脉络里。对此,堀田虽然有所认识,但在一段时间内是颇为暧昧含混的,以至他在战后不久为上海的《改造评论》撰文时,还特别强调自己是怀着诚意来从事中日民间文化事业。在同一篇文章里,堀田还提到大东亚文学者会议,在批判该会议作为日本帝国"官制""军制"的产物企图"把日本的侵略合理化"的行为同时,也不很委婉地认为,作为个人,一些文学家的内心里,也燃烧着想要拨正已经扭曲了的中日关系,至少是文学领域的中日关系的悲壮愿望。但当时的管制太严酷了,是"绝对性的","即使是对中国的抗战文化抱有兴趣,对于当时的日本人而言,就意味着立刻'入狱'"。行文至此,堀田引用了鲁迅,他说:"对于当时的我,鲁迅所说的'绝望之为虚妄,正与希望相同',是支撑自己的力量之一。"

这应该是堀田在文章里第一次正式引用鲁迅,虽然没有详细谈到鲁迅在怎样的意义上给了他启示和鼓励,却表明在堀田的文学世界里,鲁迅已经从潜在影响成为显性的存在。此后,堀田曾在等待遣返归国的日本侨民集聚区生活过一段时间,12

月,被国民党中央宣传部对日工作委员会留用,参与日语杂志《新生》的编辑及日语广播等工作。1946 年 12 月,为担心卷入国民党中央宣传部的内部纷争而申请归国,翌年 1 月初回到日本。从 1948 年起,堀田陆续创作并发表了《波浪下》《共犯者》《被革命者》《祖国丧失》等小说,题材和主旨皆取自他的上海经验,在战后的日本文坛呈现出异样色彩。从一定意义上可以说,上海是二战以后堀田善卫作为小说家重新出发的起点,上海经验在相当长一段时间里影响甚或决定了堀田文学写作的基本内容和基本音调。值得注意的是,在堀田这一系列可称为"上海物语"的作品中,鲁迅形象作为情节的构成要素出现在小说里,这在日本的战后文学中是比较少见的。

堀田的"上海物语",既是各自独立的短篇,又在主题、情节上相互关联,特别是以《祖国丧失》为题汇为一集的作品,都以一位战后被留用在上海的日本知识分子杉先生的视点为叙述线索,描写在国共纷争中的背景下,一群中国青年为如何选择自己的道路而焦虑不安的状态。这组小说的最后一篇《被革命者》,在将要结尾的地方,借一个人物之口提出了这样的问题:如果鲁迅现在还活着,到底会不会成为中共的文化人呢? 小说没有给出一个明确的结论,而是以一个意味深长的场面描写收束:

　　(杉先生)注意环视了一下四周,在大财阀宋氏家族气势威严的大墓附近,是鲁迅谦朴内敛的墓。烧制在白瓷上

的肖像从鼻子向下缺了一块，那眼睛，闪着透彻的清醒和
深厚的悲愁。

　　虽然只是以简练笔触勾勒出的场景，但放在一部系列小说
的总结局之处，无疑蕴涵了作者的特殊用心。从叙事结构看，
这一场景的出现也许有些突兀，但小说在描述彷徨中路的知识
分子的人生选择时刻时，呈现出鲁迅的形象，应该不是作者的
一时心血来潮，而是经过了认真思考的设计。在《祖国丧失》以
后写作的长篇小说《历史》里，堀田又延续了同样的思考和叙述
表现。《历史》仍然以战后中国的内战状态为背景，以各类知识
分子聚分离合为主要内容，但内容涉及政治、经济、文化等方
面，叙述结构更为错综繁复，开篇化用《列子·汤问》篇的意象，
这样写道："中国天倾，倾向了西北。其结果，是地势低洼，斜向
东南，每当秋季，水便溢出，向东南流淌。"显示出了史诗般的恢
弘气势。但小说的叙述，仍然以留用在中国的日本知识分子的
视点为线索，其中再次出现了和鲁迅相关的情节：视点人物龙
田在几位中国青年的聚会上做自我介绍，谈到自己对日本侵略
战争的厌恶，也谈到因为曾读过鲁迅的书，产生了对中国的关
切。龙田有关鲁迅的话题引起在场青年的注意，特别是一位倾
向进步的青年，特意沿着这个话题追问，但龙田的回答却让青
年们失望，龙田明确说，当年他是把鲁迅有关"绝望""希望"的
诗句，融进了带有赞同"大东亚共荣"色彩的诗篇。《历史》出现
的这一场景，固然和作品的整体情节发展有关，因为在此场景

之前,小说曾写到龙田发现中国青年简单地把日本曾经翻译过左翼文献的人物想象成反战人士,他认为这是误解,所以坦率地告诉中国青年,在战争期间,日本的知识界并不像中国青年善意想象的那样有效地组织过反战运动,"至少我自己不是那样组织里的一员,而是确实配合了(侵略)战争"。很显然,这也是作者借助小说人物之口,对自己的思想所做的剖析和反省。在此意义上可以说,《历史》里出现的这一细节,其实体现了堀田对鲁迅认识的深化和对鲁迅精神的继承。既严峻地批判社会现实,又严峻地剖析自己,在这一点上,堀田和鲁迅的精神是相通的。

鲁迅的启示：与异民族交涉的彻底性

　　从 1948 年到 20 世纪 50 年代前期，堀田所写的"上海物语"系列，无疑都与他当年滞留上海的经验有关，带有某种回忆往事的味道。1956 年，堀田善卫作为日本作家的代表赴印度参加亚洲作家会议，以后又成为亚非作家会议的积极参与者和组织者，文学活动和文学表现更具国际化色彩，其关心更多倾向第三世界，也萌生了重到中国看看的念头。值得注意的是，堀田是通过回忆鲁迅的文章表达这一愿望的。1956 年 10 月发表的《鲁迅的墓及其他》一文，是堀田第一篇正面讲述自己阅读鲁迅经历的文章，他特别回忆到当年在上海寻访鲁迅墓地的过程，以及当时的感受：

　　　　鲁迅墓旁，是人所共知的宋子文、宋美龄的家族，也就是所谓宋氏家族的非常庞大的墓地。鲁迅的墓实在很卑微，连十字架也没有，但像在横浜的外国人墓地常见的那样，土葬之后立上一块细长的白色石头，在坟头的地方，立了一块像屏风似的，白色的石碑。只有这么一块东西。石头四周，杂草蓬乱地生长着。

但是，我的心因此而猛然一震。鲁迅的眼睛，那只眼睛，以沁入心扉般的视线，烛照到我的内心。

堀田特别说明，他之所以强调是鲁迅的"那只眼睛"，是因为当时看到墓碑上镶嵌的瓷质头像已经残破，"左眼也已残缺，只有右边的一只眼睛，从深处发出光芒，用似乎是微热而又锐利、直刺人心的目光凝视着我"。堀田这样描述鲁迅的目光："亲切而冷酷，还可以用许多这样的反义词并列来形容的眼睛，似乎在述说着某种极为严峻重大的事情。是我很难清楚理解的，也许是不想让我清楚知道的重大事情……"按照此文的脉络，面对鲁迅的目光，堀田既有很多困惑不解，似乎也感觉到了一种召唤，所以，在文章结尾，他写道："很想什么时候再去看看那墓地，还有那眼睛。鲁迅的眼睛，不仅牵连着日本、中国，还牵连着东方文化文学的整体。"

对照小说《被革命者》中出现的鲁迅墓地场面，可以看到，数年之后，堀田以随笔形式重提旧事，显然不是简单的重复，而是通过和鲁迅的目光想象性地重逢，提出了新的问题。此文发表于堀田去印度参加亚洲作家会议筹备工作的前夕①，他说想

①　亚洲作家会议于 1956 年 12 月在印度新德里召开，同年 1 月，堀田前往参与筹备。

再去寻访鲁迅墓地,自然暗含着要去访问上海、访问中国的意思。如所周知,二战以后,特别是从 20 世纪 50 年代初期开始,在冷战的格局中,日本进入以美国为首的西方阵营,日本政府拒绝承认新生的中华人民共和国,使两国处于隔绝状态,堀田等日本作家参与包括中国在内的亚非作家会议运动,是要遭遇很多阻力,需要付出很多努力的①。在此过程中,堀田始终站在前列,并借此机会积极推动日本作家和中国作家的交流。1957年 10 月,堀田善卫获得重访中国的机会,受中国作家协会、中国人民对外文化协会之邀,他和中野重治、井上靖等访问北京、上海、广州等地,并以此为契机写作了系列随笔,后以《在上海》为题结集出版。

不必说,堀田之所以把他这部游记的主要场地设定在上海,和他当年的上海滞留经历有关,但从《在上海》可以看到,堀田并没有简单地抒发"旧地重游"的感慨,而是努力把自己的旧日经验,放在从旧中国到新中国的历史巨变过程中,放在东西冷战与第三世界反殖民运动的背景下,重新咀嚼、审视,从而对中国以及日中关系提出自己的看法。后来获得诺贝尔文学奖的大江健三郎是堀田善卫的文学后辈,他对堀田的随笔集《在上海》极为推重,认为这是二战以后日本人所写关于中国的最好的书之一。

---

①　据堀田说,他去印度参与筹备亚洲作家会议,旅费和住宿费等就是日本笔会、文艺家协会和他本人支付的,当时川端康成、舟桥圣一和江户川乱步捐助较多。

《在上海》以历史与现实交错的方式展开叙述,其中,堀田比较集中思考和探究的是如何"与异民族交涉"的问题。在他看来,这不是一个抽象的理论命题,而是一个严峻的实践性课题,而对于曾经发动过侵略战争的日本而言,要参与第三世界的反殖民运动,首要的前提是严峻地反省自己的侵略历史。在参与亚洲作家会议时,堀田对此已经有所感受,到了《在上海》,堀田的反省意识更为自觉。而在堀田看来,从思想、文化深层追问日本发动侵略战争的原因,首先应该清算"大东亚共荣圈"意识形态,特别是曾被大力鼓吹的所谓中日"同文同种"口号的虚妄性和欺瞒性。基于这样的考虑,堀田认为应该注意辨别日本和中国之间的差异。在《自杀的文学家和被杀的文学家》一文里,堀田写道:"与其以文学的普遍性、理解的可能性为先导,不如逆道而行,从理解的困难、异质性、断绝程度之深刻……出发更为合适。"《暴动与流行歌》的主要内容本来是讨论安娥的《渔光曲》,堀田甚至用了很多笔墨逐句分析歌词,但在谈到自己无法理解该歌曲为何流行时,堀田却飞跃式地给出结论:"不能为所谓同文同种的虚妄口号迷惑,中国是外国,中国人民是外国人。"

写作《在上海》时期的堀田善卫为何如此强调日本和中国之间的异质性?因为按照他的思路,这是破除"大东亚共荣"迷思的必要程序,只有先确认不同民族、国家之间的差异,然后才可以考虑怎样和不同的民族、文化进行交涉。也就是说,考虑日本和中国的关系时,日本应重新确认二者的自我和他者身份。在这样的语境中，堀田重新提到了鲁迅，特别是鲁迅用日文写作、发表于《改造》杂志 1936 年 4 月号上的文章——《我要骗人》。

堀田认为，在中日之间战事一触即发的时刻，在将去世之前，鲁迅接受当时日本最有影响的综合杂志《改造》的约稿，面对日本读者，鲁迅没有空泛地说一些友好的言辞，而是犀利地指出中日之间严峻对立的现实。犀利揭破当时日本宣扬的所谓"中日亲善"的虚伪性，毫不含糊地断言：现在"还不是披沥真实的心的时光"，彼此之间还无法"看见和了解真实的心"。堀田认为，这表明"鲁迅与日本，鲁迅与异民族的交往，实际上也是非常彻底的"。他赞赏鲁迅的这种"彻底"精神，尤其对鲁迅文章末尾一句"用血写添几句个人的豫感"，表示了深刻的共鸣，他说："无论是日本人还是中国人，无论是在 1936 年还是今天，恐怕没有谁能够泰然自若地把这篇文章的最后一行读过去。这之间是'血'的历史，而经历了'血'的历史之后的今天，中国和日本甚至连正式的邦交还没有建立！"

很显然，堀田回顾历史，着眼点却在现在和未来。他不仅痛切反省日中之间"血"的历史，也对两国尚未建立"正式的邦交"的严酷隔绝感到痛心，由此可见，堀田强调与民族交涉的"彻底"精神，不仅是指要清晰确认不同民族、国家之间的差异，更包含在此基础上跨过民族隔绝的深渊、进行更坚实的交流的热望。他访问中国，写文章介绍中国，从民间文化交流领域推动两国邦交正常化，无疑就是为实现此种愿望进行的努力。但堀田不赞成以廉价的乐观预测两国关系的前景，他说："我们握手的手掌与手掌之间，浸染着血。"甚至这样预言："两国恢复邦交不容易，而邦交恢复以后也许还会更不容易。"大江健三郎为《在上海》单行本写"解说"文时，对堀田的这一预言给予了特别注意，认为这行文字是堀田"用血写添几句个人的豫感"。大江这里显然是借用了鲁迅的修辞，同时也以隐喻的方式对堀田与鲁迅的"彻底"精神之关系做了评价。

Ⅶ 存在的焦虑、人文主义传统重建与"新人"的想象*

—— 大江健三郎前期创作论

＊　本文是在作者已刊文章《存在的焦虑与灵魂的建构》（北京燕山出版社 2001年版《个人的体验》中文版的序论）和《选择"共生"、非"我"的叙述者与人文主义传统的重建》（浙江文艺出版社 2017 年版《个人的体验》的解说）两篇文章的基础上改写而成的。

"峡谷村庄"：多义的空间

　　大江健三郎是从大学时代开始步入文坛的作家，但如果追溯他文学道路的原点和文学想象力的源泉，却必须从日本的一个小小村庄说起。1994 年 12 月 7 日，作为这一年度诺贝尔文学奖得主登上瑞典皇家文学院讲坛发表受奖言说时，大江健三郎首先谈起的就是他故乡的村庄。

　　大江健三郎的故乡位于日本南方四国岛上的爱媛县，县内多山，1935 年 1 月 31 日，大江健三郎出生于掩藏在崇山峻岭的喜多郡大濑村（现名内子町大濑村）。村子四周是遮天蔽日的森林，村子下面的山谷有河水流过。大江在这里长到十五岁，在后来的作品里，他经常把故乡称作"峡谷里的村庄"。

　　大江健三郎出生的时代，日本作为国民国家型的殖民帝国体制已经形成，国家的政治管制和意识形态通过行政、教育等渠道，灌注到了这个远离中央地带的峡谷村庄。1941 年 4 月，大江健三郎六岁的时候，进入村里小学读书，而就在这一年，日本政府颁布了《国民学校令》，把初等教育机构改称为"国民学校"。在准备发动太平洋战争时期,日本政府的这一做法用意很明显,就是要强化国内的思想统治。读读大江健三郎在国民学校时候的作文,不难看到这种统治所产生的效果:

> 麦田刚刚泛青,我走在田间小路上,温煦的春风微微拂过,轻轻抚摸着我的头。我边走边想,和那些出生在外国的人相比,我们生长在强大的日本国实在是太幸福了。

作文里的灿烂春光和幸福情绪,很少属于少年作者的真实感受。据大江后来的回忆,他在国民学校真正感受到的,其实更多是压抑和恐怖。在学校里,老师经常向他们这些小学生发问:如果天皇让你去死,你怎么办?小学生必须回答:我就去死!尽管这样回答时,孩子们常常吓得面色苍白,四肢发抖,如果谁回答慢了,老师就会拳打脚踢。大江就是经常遭受老师拳脚的一位。天皇的肖像悬挂在学校专门建造的奉安殿里,少年大江虽然好奇,却从来不敢直视一眼。

在军国主义专制的年代,村子里的大人们也处于恐怖的氛围中。在同一组回忆文章里,大江写道,那时他的哥哥被征为预备兵,全家都陷入了混乱,但他的父亲当着外人却必须赞美预备役制度,母亲和姐姐也只能在没有外人的场合才敢露出愁容。大江的哥哥,还是一个只会用诗歌赞美少女的耽于幻想的学生,丝毫没有所谓帝国男人的气概,但在村人举行的送别会上,却要昂首挺胸地说:乡亲们,我要为国家献身,战死!

当然,国家意识形态不可能完全充满峡谷村庄的全部空间。正如大江后来概括的那样:"在那个时代,在我生长的村庄里,还有另外一种和国家意识形态相对的思想,以地方历史或口头传说、民俗神话等形式存在着。在我的孩提时代,把这些讲给我的,是我的祖母、母亲等民间的女性。我通过她们的故事,知道了自己的村子,以及自己近世的祖先们面对从东京来的国家派出机构,用武力进行抵抗,曾经举行过两次暴动。"但少年时代的大江健三郎还不能辨识官方历史、学校教科书的记载和民间口头传承的对立,他徘徊于二者之间,"既相信国家的意识形态,又从没有怀疑过山村的历史和传说",他"非常自然地生活于二重性和多义性"的环境中。

1945 年 8 月 15 日,日本在第二次世界大战中战败,昭和天皇发表广播讲话宣布投降,日本的现代历史发生转变。当天皇的声音通过电波传到大濑村时,年仅十三岁的大江健三郎还不能理解这一事件的意义:

> 我站在夏日庭院的强烈阳光里,奇怪地向光线暗淡的屋内张望,大人们都站在收音机前面痛哭。
>
> 看了一会儿,我觉得有些无聊,就跑出去玩儿。大人们都在屋里听收音机,村路上只有孩子们,我们东一伙西一伙地相互交谈。
>
> 没有谁能说清楚究竟发生了什么事情,大家感兴趣的话题,是天皇用普通的成年人的"人的声音"说话,这是和

我们的期待大相径庭的奇怪事实。我们都不明白他所说的内容，但确确实实听到声音。一个年纪较小的伙伴竟能惟妙惟肖地模仿出天皇的腔调，我们围着这个穿着脏兮兮短裤用"天皇的声音"讲话的伙伴，大声哄笑。

我们的笑声响彻夏日正午沉闷的山村，激荡起小小的回响，消散到晴朗的上空。随后，莫名恐惧突然从高空盘旋而下，扼住了我们这群不敬的孩子。我们相互看着，陷入了沉默。

非常有意思的是，相隔三十年后，大江健三郎再次忆起当时的情景，如同接续三十年前的文章似的写到，当时，村里的孩子惶恐散开，唯独他没有回家，而是沿着河边向前走，走到一个被岩石和竹丛掩映的河汊，在岸边的竹林丛里脱光衣服，然后把身子浸到水里。他抬头仰望天空，夏日的正午阳光灿烂。他感到轻松和自由，同时也因为失去为天皇效力战死的机会而感到莫名其妙的失落。对国民学校的切腹的厌恶和学校灌输的国家意识形态，就这样在他内心里交战，他的多重意义的生活空间开始失去平衡。

随后，在日本社会逐渐普及开来的民主主义也流灌到四国山村。战后初期，在国际进步力量和美国占领军的指导和监督之下，日本开始推行民主主义改革，公布了新宪法，学校的教育制度也发生了变化。国民学校的名称被废除，从小学到高中的学制改为六三三制。1947 年，大濑村成立新学制的中学，大江健三郎是该校的首届学生。在新制中学里,他感受到与国民学校不同的自由气氛,学习到新的知识,而给他留下深刻印象的是宪法课教科书《民主主义》。这不仅因为在物资极度贫匮的战后,多数教科书的纸张和印刷质量都粗糙不堪,而独有厚厚两册的《民主主义》印装整齐,更主要的还是书中介绍的战后新宪法的内容,特别是主权在民和放弃战争的思想,深深震撼了大江的心。对他来说,新宪法这两条主干,并不只是抽象的思想,而是活生生的现实。耳闻目睹的战争惨祸,使大江深切体会到放弃战争这一誓言般的宪法条文的意义,主权在民的思想,则使他从天皇制军国主义式统治所造成的恐怖中解放了出来,启发和鼓励他从自己的主体内部确立自我主权的意识。

但在现实生活中,战后日本的宪法精神却不断被扭曲、排拒,随着冷战格局的形成,美国从争霸世界、控制亚洲的战略利益出发,积极扶持日本的保守政治势力,日本政府明显右转。1951年大江从家乡转到爱媛县的县城松山市读高中,在报纸上看到日本共产党领导人被整肃的消息,使他感受到"战后最初的绝望般的震撼和冲击"。虽然他对这些被整肃的人物"究竟是怎样的思想家"并无所知,但他认为:"既然宪法已经约定了言论自由,这样的整肃不是很糟糕吗?"与此同时,大江也看到,朝鲜战争发生之后,日本便建立起警察预备队,又很快发展为自卫队,他感到"这毫无疑问就是军队",是"践踏了宪法'放弃战争'条文约定的存在"。而更让他触目惊心的是,高中毕业报考大学时,结伴同行的几个同学准备投考的竟然是日本培养军官的防卫大学。大江曾和他们同在一个教室学习《民主主义》，同在新宪法的旗帜下迎来自己的青春，现在，在日本社会出现背离宪法中"放弃战争"誓言的风潮中，他们分别走上了不同的道路。大江深深感受到战后一代"放弃战争"道德观的脆弱，也体验到了人生歧路的痛苦。

还在读中学的时候，大江健三郎就开始了文学习作，进入高中以后，特别是二年级转入爱媛县松山东高级中学之后，创作热情更为高涨，有多篇随笔和诗作发表在校园杂志《掌上》，他还参与了这份杂志的编辑，并在自己负责的"编后记"上署名写下了这样的文字："我们必须打破封闭的陈旧文学形式，怀着十七岁的好奇心，创造我们这一代的文学。"后来大江回忆这段生活，曾特别提到这所高中是诗人正冈子规、电影导演和剧作家伊丹万作的母校，可知校园里的文学氛围和这些先辈的影响不无关联。1954年大江考入东京大学文科，两年后进入法国文学专业，在专业学习的同时仍坚持创作，1957年以小说《奇妙的工作》获得本年度东京大学校园——五月祭奖，并得到著名文学评论家平野谦的好评。平野的夸赞推动了文学杂志对这位新人的关注，接踵而至的约稿也成为大江写作的动力，1958年他以中篇小说《饲育》获得日本文学界声誉最高的芥川文学奖，并在同年出版了两部短篇小说集和一部长篇小说，由此走上了职业作家的道路。而值得注意的是，正是在决定大江登上文坛的成名作《饲育》里，他的故乡峡谷村庄的风景和人物跃入他的虚构世界，构成了小说文本的内在空间。

跨越精神危机的青春纪念碑

20 世纪 60 年代，大江健三郎回顾自己进入文坛之后的写作，曾做过这样的说明：

> 我开始写小说的时候，最初准备的题材总体说来可分为以下两类，一类是有关东京的大学生在所谓和平时代的日常生活的（我那时是一个学习法语的二十二岁学生），另外一类，则是由此上溯十年，身处地方的小学生在“战争后方”作为少年国民度过的日常生活。

大江在文中举出了两个题材类型的代表作品：《奇妙的工作》和《饲育》，都收在他的第一部小说集《死者的奢华》。该小说集共收短篇小说七篇，虽然都独立成篇且曾分别发表，但据大江在小说集出版前一个月发表的文章说，他其实是有整体构想的：

基本方针是：描写处于被闭锁状态的人，尽可能地不使用既有的词语和惯用的句子，为了训练自己写实的眼睛，用第一人称，并特别强调感觉性的手法。

在小说集《死者的奢华》的"后记"里，大江更为明确地说："我大约是在1957年后半年里写了这些作品，思考被监禁的状态、生存于被封闭之墙里的状态，是我的一贯主题。"在同时期其他一些文章里，大江也多次做过类似阐述。由此可见，对大江而言，他的早期小说虽在题材上可分为两类，但主题却一以贯之。而他用来描述自己写作主题的"被监禁状态""封闭之墙"等词语，也并非随意拈来，而是和存在主义颇有关联的概念。这自然和大江当时所接受的文学与思想资源有关。他曾坦承，自己进入大学后便醉心于20世纪欧美现代主义文学，尤其迷恋萨特、梅勒等人，并明确地说："我是在读了萨特之后而突然选择了文学专业，并是写了关于萨特的文章而在法国文学系毕业的。我青春的前半是在萨特的影子下度过的。"那时的大江究竟读了萨特的哪些作品，不得其详，但从他早期作品经常出现的"被监禁"的意象和主题可以推知，他首先是在一种否定的精神状态中和萨特获得共鸣的。

值得注意的是，率先关注大江写作的同时代批评家也都对他此一时期的文学主题给予了高度评价。如前面提及的平野谦继评说《奇妙的工作》之后，曾在《文艺时评》里对大江的《死者的奢华》做了这样的阐释："这位作者设定了处于某种奇妙状况中完全被动的主人公，通过其被动的无抵抗，反而让人感觉到他试图证明在所有的状况中人的活动都是徒劳的。"平野称赞说：这篇作品"所营造的虚无氛围基本是成功的"。另外一位当时的新锐评论家江藤淳，曾针对井伏鳟二、石川达三等资深作家对大江小说文体的讥讽挺身辩护，认为大江小说的文体是"我们一直追求的'文体'开始确立的标志，虽然尚不稳定，尚未完成，但已经让我们看到了和迄今为止的日本现代小说不同的新世界"。而讨论到大江小说的主题，江藤淳则比平野谦做了更多的发挥：

> 这里所说的"监禁状态"，就时代性而言，就是一种闭塞状态，就存在论来说，则是看穿了"社会正义"之虚构的一种断绝感。大江健三郎作品的独创性，就存在于这两者的叠合之处。

作为一个初登文坛且褒贬交集的青年作家，大江无疑从平野谦和江藤淳的评论感受到了支持和鼓励，他的小说集《死者的奢华·饲育》由江藤淳撰写"解说"文，即是信任的表示。如曾根博义所指出的这一时期大江"频繁地就自己的文体发言，可能也是江藤淳的评论鼓励的结果"。但如同有的研究者注意到并指出的那样，平野和江藤也明显地把大江小说的主题解释限定在存在主义的否定性一面，如平野谦不仅对大江小说中人物的"被动性"和"虚无感"表示欣赏，还将其过度地提升为"所有的状况中人的活动"的精神象征；而上引江藤淳的"解说"所说的"'社会正义'之虚构"，在他特有的修辞里，其实是在说"战后民主主义的欺骗性"，把大江小说所描写的人的被"监禁状态"，解释为"对战后民主主义欺骗性的暴露"，这即使不说是恶意解读，也肯定是一种有意的曲解①。

　　毋庸讳言，自小说集《死者的奢华》开始，至 1964 年长篇小说《个人的体验》刊行，我们称之为大江健三郎前期的作品，其人物确实大都属于孤独无助一型，其行为亦多带着浓厚的颓废色彩，和他所心醉的萨特早期小说颇多近似之处。按照法国理论家罗杰·加洛蒂的看法，萨特的第一部小说《恶心》"是以否定和荒诞的哲学为起点，反对肯定论和价值论的古典哲学"的。而在纳粹势力严酷统治的年代，萨特存在主义哲学和文学所表现出的否定激情本身即具有积极的意义，因为"对萨特来说，这种拒绝，这种否定，就是自由的显现"。同样，大江健三郎在少年时代经历过"帝国日本"的思想禁锢，虽在战后初期感受到解放的愉悦，但同时也不断体会到日渐保守的日本社会令人窒息的压抑，在如此处境之中，他从萨特文学里汲取启迪和灵感，无疑是非常自然的，而他的否定性描写，其实是对战后民主主义遭遇打压的愤怒反应，在其反讽式的叙事文本里，其实燃烧着对真正民主主义精神的渴望，自然不能解释为是"对战后民主主义欺骗性的暴露"。

---

　　①　中村泰行曾对平野谦和江藤淳的大江健三郎论提出了尖锐的批评。

特别值得指出的是,随着长篇小说《个人的体验》问世,大江健三郎文学写作的主题和人物、情节设定都发生了明显的变化。如所周知,这部小说是植根于作家本人直接的"苦涩经验之上的作品"。

事情缘起于 1963 年 6 月,大江的长子出生便患有头盖骨损伤,接受手术后仍带有智力障碍,这使他必须直接面对这样的严峻问题:是否和孩子共同生存下去? 大江后来说:"作为现实生活中的课题,我在比较短的时间内就已能够妥善应对,而为了确认那意志和行动的意义,我写了长篇《个人的体验》。"由此可知,尽管在《体验》动笔之前,作为一个年轻的父亲,大江实际已经做出了决意和孩子共生的选择,但他以此为素材写作《体验》,却不是在平静地追述一个过去的故事。下面的这段回忆性文字表明,即使在小说写作过程中,生活中的故事也还在进行,并和小说里的故事缠绕纠结在一起:

> 想起写作《个人的体验》的初夏时分,一个午后,窗就那样开着,缀满绿叶的树枝被风轻缓地摇动,在就季节而言还不算很热的屋里,我汗津津的身体俯卧着,怎样也无法动弹。带着从医院接回来的婴儿继续往来于医院接受诊治的日子,特别是这一天,在医院被告知了一个决定性的情况之后归来,人一下子扑倒在租住的房间里那张租用的大床上。以前虽然在文字上读到过这样的描述——绝望到身子一动也不能动,但当自己实际变成这种状态时,

一边觉得竟然会真的如此，同时面对站在身后望着孩子的妻子，内心也这样想：自己所陷入的这种精神状态，在现时点上虽然已经无法挽回，但在今后决不能让她第二次看到同样的丑态。那种全身麻痹状态持续了二十分钟，也许是更长一点的时间。但后来即使儿子身上又出现了各种各样的新问题，这样的症状却没有在我的身上重新出现……

《个人的体验》没有在杂志刊载，而是于 1964 年 8 月由东京的新潮社直接出版的单行本。小说没有注明写作和完稿时间，但可以肯定，执笔写作过程中，大江也和他在作品里设定的主要人物"鸟"一样经历了痛苦的精神挣扎。虽然在实际做出和患病婴儿共生的选择上，作家没有像"鸟"那样愁肠百结、备受灵魂拷问之苦，但把这一果决行为转换为体现小说主题指向的情节，对于大江而言却很不轻松。

值得注意的现象是，大江早期小说的叙述者大都设定为第一人称，这些不同类型的"我"作为文本里的人物虽然和实际作者的关系远近各异，但作者的情绪、态度和观点无疑主要通过这一视角才得以表达。笼罩于大江早期小说里的荒诞情绪使他的叙述者性情显得颇为单一，同样，单一视点也使他的小说固化为一种稳定的叙述模式。在此意义上看，《个人的体验》放弃第一人称叙事而采用"非我"的叙述者，使之和文本中生活经历与小说作者最为近似的人物"鸟"拉开一定距离，并使小说情节得以在叙述者和小说主人公"鸟"相互交错的视点中展开，便

不仅仅是作家在叙述技巧上的自我突破,更为其拓展新的思想
境界提供了叙事学的前提。《体验》全书十三章,绝大部分篇幅
都在描述"鸟"面对脑部患疾的新生儿所产生的内心恐惧、挣扎
以及为逃避责任所做的各种努力,包括和情人火见子一起谋划
杀害婴儿的办法,直至最后一章才陡然转折,"鸟"终于想要"结
束一直仓皇奔逃的男人的生活",决定把孩子送到医院接受手
术,并决意和因此而"可能智力很低"的孩子共同生活下去。
《体验》如此布局,既表现了"鸟"所走过的心灵炼狱之路的漫
长,也暗示了长期以"否定性"为文学主题的作家试图转而展现
肯定性"希望"主题的艰难。大江曾说《体验》是一部"青春小
说"。这应该不仅是指小说写了"鸟"度过多感的青春时代而最
终走向成熟的过程,其中肯定也寄寓了作家对自身的感慨。作
家和他的小说人物一样跨越了现实生活的危机,同时也在文学
写作道路上开始了一个新的阶段。对于大江而言,《体验》无疑
是具有多重意义的青春纪念碑。

"另外一部《个人的体验》"

　　《个人的体验》于 1964 年出版后即获得新潮文学奖,但针对小说最终的情节设计:"鸟"决意和脑部患疾的婴儿共同生存,却出现了很多批评意见,连新潮奖的评委山本健吉、中岛健藏都认为小说结尾的处理过于简单,龟井胜一郎甚至认为大江以此显露了一种"宗教和道德式的怠慢"。作家三岛由纪夫亦曾对这一结局提出过批评,这一事情后来甚至被大江写进另一部小说里(《写给那令人眷恋的年代》)。据笠井洁分析,三岛主要不满大江通过"鸟"的突然转变轻易消解了人物认识与行为的二律背反式命题,而这一命题,恰是三岛本人长期苦苦探索不得解脱的。这些批评当然给大江以强烈刺激,但他认为小说结尾"鸟"所做的抉择是势在必然,当时即撰写《另外一部〈个人的体验〉》申说之所以如此设计的依据。后来大江亦曾在多篇文章继续阐发自己的观点,且做了更具理论性的说明,但就文章的构思与表述的精巧而言,这篇短文的特色无可替代,至今仍值得一读。此文没有收入大江的各类作品集,似乎也不那样为人所知,故择要移译如下,以供更多读者赏鉴。

　　我觉得,在自己的小说付诸印刷后,最先装订出来的几本样书寄到手边的那一瞬间,是小说家生活中最幸福的时刻。此后的几天,我一直对自己的小说怀着浓厚兴趣,用红墨水钢笔在上面写写画画,或删削,或用剪刀和糨糊添加进去几页,有时还会把书脊扯开,变更章节顺序,装订出一本自制的新版。但即使我有请求出版社把正在印制的书废掉重排的匹夫之勇,却因为没有证据能够显示自制新版会绝对优于将要公开发行的版本,最后,这个私家版不过成了我消磨时间的个人娱乐……

　　最近,我也把《个人的体验》做了一册私家版,做法却和以往颇有些不同。之所以这么说,是鉴于很多批评家都指责这部小说最后的三页零四行,便试着制作出了和已经公开刊行的小说结尾相反的、极为绝望的三页零四行。对待这种几乎可说是无意义的游戏,我和很多人一样,多少有些一竿到底的脾气,私家版最后的三页零四行,也做得和公开刊本相应部分的字数完全相同。

　　……

　　而我的公开发行版和私家版的主人公同样都是一位叫做"鸟"(bird)的二十七岁青年。他本来准备在情人的帮助下,把被医生们认为是患了难以治愈的脑疝的婴儿稀里糊涂地弄死,但一瞬间他改变了主意。曾有评论认为这一心理转变的机制太过单纯而突然,但作为多年来热心阅读存在主义小说的读者,我对这种戏剧性的心理转变是有固定看法的,认为就应该这样单纯而突然。因此,好像是有意地将错就错,在这部分,我的私家版原样照搬了公开发行版:鸟认为必须把扔在堕胎医生地下室里的婴儿救回来,告别了情人走出酒吧,叫了一辆出租车。那出租车司机以超高速度驱车在雨后的柏油路上疾行,鸟体味到有生以来从未感受到的深刻恐惧⋯⋯

这一部分,私家版和公开发行版都是这样的:"鸟点了点头,走出酒吧。他坐的出租车在被雨淋湿的柏油路上急速奔驰。如果孩子在被救活之前出了事故死了,我迄今为止的二十七年生活就都没有意义了。鸟想,一种从来没有体验过的深重恐惧感笼罩着鸟。"

我自己认为,在这部分,小说文本世界里的发展趋势已经被决定了。在此之后,印上两个星号,又像是把罗平式①的所谓大团圆结局翻译过来了似的,加上了三页零四行。如果这部《个人的体验》不是四百五十页的长篇,而是一百页的短篇,我会把小说截止在上面引用的部分,是应该能够取得必要的效果的,但我在如何处理长篇小说最后的收束上,一直持有固定的看法,如果缺少那样的尾声,内

---

① 罗平,法国小说家莫里斯·勒布朗系列侦探小说《侠盗亚森·罗平》里的主人公。

心总会觉得小说没有完结。

而我制作的私家版文本的尾声,是从鸟乘坐的出租车到达堕胎医生的医院门口处开始的,所有的照明灯都熄灭了,夜深人静之际,鸟浑身被恐惧的汗水濡湿,但他的体内却奔涌着喜悦的热血。现在他的情绪比任何一页上所写的心理状态都更为高昂而充满肯定。他感觉自己好像是一个正义的剑客,必须在出租车里的恐惧感和现在拍打堕胎医生的医院屋门时满怀欣喜的安心感之间,保持一种紧张的平衡。

院门对面亮起了脏兮兮的黄色灯光,鸟觉得连那灯光也灿烂耀眼,或许是歇斯底里型的视觉异常所致。门开了,医生滑稽地戴着粉色和白色条纹交错的压发帽,一脸不高兴地伫立在黄色的光晕里。他感觉像是漫画里近视眼的昆西该。鸟声音如歌,说:请把孩子还给我吧,因为我想应该带去做手术,争取让他存活下来。然而医生很冷淡地回答:

——孩子? 这事情已经结束了,正在送往火葬场的路上。您知道,在这个现实的世界里,很多事情是没有可能重新来过的。

于是,我的私家版《个人的体验》至此骤然终结。我喜欢用会话结束小说的方法,这样感觉很爽。

在公开发行版,婴儿安全无恙地被鸟取回,年轻的父亲把他送到医院做了手术。经过手术得知,婴儿的病不是脑疝，只不过是头盖骨上生出的肿块。婴儿的智能指数可能会很低，但至少能够像一个正常婴儿那样开始他的新生活。鸟夫妇站在众多婴儿床中间那个宛如巨大虫笼的白色床前。鸟重新接受了忍耐这一生活主题，失去了充满孩子气的"鸟"的外号。

（对公开发行版的结尾，愚蠢或轻易的大团圆之类的指责，已经成了有关我的小说的定评。这再一次告诉我，在现代文学领域，大团圆是怎样被视为应该憎恶的敌人。但我并不认为，鸟夫妇抚育智能指数可能很低的孩子，必须不断地忍耐下去的生活，是包孕在幸福的光芒之中的。我个人从来没有想到把公开发行版的结尾叫做大团圆。）

那么，这两个版本的《个人的体验》，哪一个更为成功呢？我自己很想支持公开发行版，但觉得也许私家版会得到肯定评价，至少，公开版已经遭到为数不少的非难，而私家版则具备尚未被任何人攻击的优势。

于是，对公开版的发行负有责任的我必须重新站出来为其辩护。我的自我辩护演说是这样的：这部小说所有的意象，直到鸟转向的瞬间，都朝着负的方向、下降的方向倾斜，小说是沿着否定性的下坡一路展开的。

因此，鸟做出决断以后的三页零四行的分量，必须呈现出能够使倾斜而下的小说充分逆转到正面的方向、上升的方向去的趋势；必须加重朝着肯定方向上升的砝码，直到足以恢复小说力学的平衡。在这样的意义上，我决定公开版比私家版更为安定。

在我的私家版里，只有鸟坐在朝着医院疾驰的出租车上的昂扬情绪，还有朝着堕胎医生鸟说出的一句台词里，具有正面要素，仅只这样的分量，让人觉得还不具备把这部小说巨大的负面倾斜扳转到平衡状态的力量。基于这样的理由，即使我能够获得这部小说改版的机会，也不会考虑把私家版作为第二个公开发行版。

也就是说，制作这样一本私家版、自我辩护味道浓厚的结局，不过是一个没有多大意义的游戏而已。

人文主义传统的重建

也许细心的读者已经注意到，在上引大江的自我辩解文章里说到，恰恰是因为"多年来热心阅读存在主义小说"，使他坚信"鸟"的"戏剧性的心理转变"是理所当然的。这提示我们，大江对存在主义文学的共鸣并不限于否定性的一面。还在东京大学法文系就读期间，大江曾撰文分析萨特的小说《不惑之年》，在论文里，他不仅分析了小说文本中"死""欲望""自由"等存在主义文学的典型意象，还特别注意到一个着墨不多的人物——法国共产党员布吕内，认为尽管这个人物的"所有行动都枯燥生硬"，但他已经"完成了选择"；而小说的主人公马蒂厄虽然性格温文，但他没有行动，没有选择，总是处于暧昧的状态，两相比较，大江认为《不惑之年》的主要人物都处于"死的世界"，只有布吕内"可能开拓出明天的生活"。大江还分析了小说作者与小说人物之间的关系：

　　萨特不是布吕内。布吕内始终是客体，仅仅作为"被

看的存在"而出现。萨特和马蒂厄、丹尼尔一起置身于死
者的领域。萨特成为死者以后,布吕内式的人的意象开拓
了明天。①

　　由此可见,学生作家时期的大江健三郎已经关注并颇为认
同萨特小说中能够积极选择的人物,甚至站在这样的人物立场
上批评作者萨特的消极态度。而非常有意思的是,大江的这一
思路,和萨特本人努力摆脱存在主义的否定性思维,实现立场
转变的路向是很接近的。首先,如前所述,萨特的存在主义文
学,本来就是在抵抗纳粹运动的经验中产生的,在作品里展现
人之生存的无奈,从另一面说也是在召唤反抗,而在战时实际
参加地下抵抗运动,更使他意识到积极行动的必要,《不惑之
年》即是基于这样的体验写成的。其次,二战结束不久,萨特发
表《存在主义是一种人道主义》,从积极的意义上重新解释存在
主义,而自 20 世纪 50 年代起,萨特不仅积极提倡"介入的文
学",更直接投身政治抗议,站在弱势民众一边反抗国家强权,
猛烈抨击法国的殖民主义政策,支持阿尔及利亚的民族解放运
动。就像马尔库塞所分析的那样,本来存在主义的思想逻辑很
容易导致和既存现实的妥协,但萨特本人选取的思想方向却是

----

　　①　参见大江健三郎《论〈不惑之年〉的意象》,大江本人介绍说:"这是我在学
生时代(本来那时我已经开始了小说家的生活)因为一个奇怪的原因急匆匆赶写出
来的东西,在本书中首次印刷发表。"这篇文章可能是大江的大学毕业论文,或是该
论文的一部分。

"彻底对抗的道路"，这就使"哲学变为政治学"，而正是"在这种政治化了的哲学中，基本的存在主义概念经由向这种现实的宣战意识而被拯救出来"。

从这样的意义上说，青年大江的精神状态和萨特是颇为近似的。他早期的小说虽然大都以诉说人生的荒谬和无奈为主题，但在同一时期，他又积极参与社会活动。大江大学毕业，正当日本以岸信介为首的右翼政府强行批准《日本美国新安全保障条约》，各界民众掀起大规模抗议的时候，他积极参加了群众的游行集会，并发表了《民主主义的愤怒》等文章，批判政府践踏民意的暴行。同时，大江的视野还扩展到国际，对在冷战格局中被封锁的社会主义国家表示了热情的关注。1960 年 6 月，他参加日本文学家第三次访华代表团，来到和日本还没有外交关系的中国。回国以后，大江参加了一些讨论安保斗争的集会，与多数热衷评价斗争胜负的学者、理论家不同，大江把关心的重点放在这场斗争在人们日常生活中留下的痕迹。他认为，斗争不会一直以运动的方式继续发展，生活将恢复平静，但安保斗争的影响，也不会因为右翼政府的强压而消失。这年秋天，大江参加了亚非作家东京会议，一位非洲记者问道：通过安保斗争，从最低限度看，获得了什么？这使大江想起了日本明治时期著名诗人石川啄木的名言。当时，石川感慨社会的浑浊和民众的蒙昧，曾愤激地说：我们日本的青年人，至今还不曾和强权势力发生争执。在引用了石川的话后大江说：五十年后的今天，我们可以说，日本的青年已经和强权势力发生了争执。

我认为,这种叛逆精神、抵抗精神,已经化成了我们的血肉。就在这一时期,大江尝试把政治斗争题材直接引入小说,在日本左翼进步政党社会党委员长浅沼稻次郎被右翼少年刺杀之后不久,1961年2月,他创作并发表了小说《政治少年之死》,隐喻地表现了这一事件。日本右翼团体对作家和刊登该作品的《文学界》杂志施加压力,威胁恫吓。最后,《文学界》未征得大江同意,就发表了谢罪声明。大江愤然抗议,却引不起社会反响。以后,几次出版小说集,《政治少年之死》都被出版社拒之集外。这让大江切身体验了所谓自由民主国家言论自由的限度。

大江不仅亲近萨特的作品,也亲近以斗士的姿态介入社会的萨特本人。1961年夏天,大江应保加利亚作家协会邀请到欧洲旅行,从东欧到苏联,年底到达法国,正巧遇到巴黎民众举行反对政府建立秘密军队(OAS)的示威游行。大江挤进工人和学生组成的游行队伍,和法国学生手挽着手前进。在游行的人流里,他发现了萨特。第二天下午,在巴黎的一家咖啡店,大江采访了萨特。但根据大江写下的文字看,在采访中两人的话题并不特别投机。其时,大江是日本文坛风头正健的新秀,虽然也参与社会、政治活动,但始终把自己定位在文学家上;而萨特则早已完成了主要的哲学、文学著述,正以一个反抗强权的斗士姿态活跃在国际舞台上,关心的重点显然更在政治。这次会面,萨特完全没有谈论文学,甚至对曾担任他私人秘书的让·科刚刚获得龚古尔奖的新作也不置一词,这颇让大江感到遗憾和失望。

在大江的文学道路上,这次和萨特的会面无疑是一个重要事件,标志着他们关系的重建。自此,对于大江来说,萨特不再像以前那样是遥远的经典式存在,跨越漫长的时空,他们走进了同一时代氛围。面对同时代的一些问题,他们的观点明显存在歧异,但大江也确确实实感受到了萨特的特殊思想魅力①。所以,会面以后他仍然关注着萨特的活动和著述。萨特常常成为他做出判断和选择的重要参照,反观自身和自我反思时的一根锋利的针。在写于1964年的《面对饥饿垂死的孩子,文学有何效用?》一文中,大江曾就此做了明确表述。这是一篇介绍法国《世界报》登载的萨特采访录以及另外两名作家克洛德·西蒙、伊夫·贝尔热对萨特的批评文章。论争主要围绕文学的目的与功用展开,在回顾自己文学道路和人生道路的时候,萨特反省自己以前把文学绝对化、神圣化的倾向,承认:在饥饿垂死的孩子面前,《恶心》一类的作品是无能为力的。这是萨特的自我批判,也是对所有文学家的工作提出的严峻质疑。而反弹也就由此而发生。另外两名法国作家,特别是伊夫·贝尔热,在反驳萨特时明确地主张:所谓文学只能是个人拯救的尝试,他甚至希望因此而能够得到饥饿垂死的孩子的谅解。

　　大江之所以重视这场围绕萨特展开的论争并专门撰文予以介绍,显然主要不是出自文学理论方面的兴趣,而是和他自己的思想状态有关。这篇介绍文字的发表时间,正好和《个人

---

　　①　关于这次会面及大江的感受,大江健三郎《欧洲的声音·我自己的声音》一书中有详细的记述。

的体验》的出版时间重合于同一月份，如何面对"垂死的孩子"，对大江本人而言既是严峻的现实生活主题也是严峻的文学主题，尽管他已经做出了明确抉择，但诚如《另外一部〈个人的体验〉》所说，大江深知小说的结尾并非一般所谓美满的"大团圆"结局，而只是"必须不断地忍耐下去的生活"的开始。

　　2000 年大江健三郎访问北京，在一次面向青年学生的讲演《致北京的年轻人》中，他从自己的精神形成史角度对《个人的体验》进行了再阐释。他说，当年面对脑部患疾的婴儿出生这一现实，自己从大学时期所接受的欧美文学知识，特别是以萨特存在主义为主导的精神训练突然显得苍白无力，他重新学习法国文艺复兴时期的人文主义传统，重新建构自己的精神。《个人的体验》就是他思想中存在主义解体和精神重构过程的产物。当然，大江在讲演里所说的，是萨特自己后来也反省的那种"否定性"存在主义。

　　结合大江的整体创作历程看，《个人的体验》无疑是一个转折的标志，那个被称为"大团圆"的结局，其实并不仅仅是写作技巧上的特殊的"反高潮"情节设计，更是大江的思想转变在文学上的表现，凝结着大江对存在主义的反思与扬弃和对人文主义传统的再认识。在 20 世纪世界文学史和思想史上，这无疑是一个有意义的事件。在诺贝尔文学奖获奖致词中，大江没有谈自己和存在主义的关系，而是特别强调自己所受到的人文主义的影响，这是我们理解大江的思想和文学整体轨迹时应该特别重视的一条线索,并且这不限于《个人的体验》,也不限于大江早期的写作,甚至应该包括他那些充满批评的社会活动。按照爱德华·萨义德的说法:人文主义不是固守某种经典;人文主义就是批评。并且是一个永无止境的揭露、发现、自我批评和解放的进程。

VIII 在"介入文学"的谱系上[*]

——初论加藤周一的文化批评

---

　* 本文是在作者已刊《介入的谱系》之一、之二（《中国改革》2010 年第 4 期、第 5 期）和《解题与注释：加藤周一〈四月的梦〉》（收作者著《走读记——中国与日本之间：文学散札》，中央编译出版社 2007 年 12 月）三篇文章的基础上改写而成的。

作为当代日本文学史事件的"九条会"

　　如同本文后面将要展开介绍的那样,讨论作为批评家的加藤周一的文学工作,之所以从九条会说起,首先因为这不仅是加藤晚年参与的最重要的活动,且是他长期思想探索和文学探索的一个必然到达;同时也因为,这是战后日本一批有良知的知识人在关键的历史时刻所做出的群体行动。尽管运动还在进行之中,但其历史性意义已经昭然显现,需要同时代的学者及时做出观察和评价。

　　在此有必要说明何谓"九条"。在当下日本,这个词已经成了广为人知的政治概念,指的是《日本国宪法》第二章第九条。此条分两款,其内容是:"(1)日本国民衷心谋求基于正义与秩序的国际和平,永远放弃以国权发动的战争、武力威胁或以行使武力作为解决国际争端的手段。(2)为达到前项目的,不保持陆海空军及其他战争力量,不承认国家的交战权。"

　　上文里"谋求"一词值得特别注意,在日本原文里此词写作"希求",本来也是汉语里曾有的词,但现在似乎不常用,所以,

211

现在常见的《日本国宪法》中译本多译作"谋求"。不过,无论"希求"还是"谋求",都不是对已然事实的描述,而是表示对未然目标的追求,尤其是前者,隐含的"愿望、祈望"的意味更为浓重。作为法律条文,使用这样颇具感情色彩的修辞确实比较少见,但也反映了二战以后日本的现实。其实,早在二战结束不久,乘朝鲜战争爆发之机,当时的日本政府便以加强"自卫"之名实现了再度重新武装,到了今天,日本不仅拥有相当强大的"陆海空军",以武力手段解决国际争端的冲动也不断膨胀。在一个时期内,把"第九条"作为删除目标的"修宪",甚至已经成为日本国会的主流声音和日本政府积极推进的方案,而日本的主流媒体:全国性的电视台和日刊报纸则都对此默契配合。尽管根据舆论调查,进入21世纪初期,反对修改宪法"第九条"的国民仍超过半数,但在主流媒体上却几乎发不出声音。正是在这种情势下,几位文化人挺身而出,呼吁保卫宪法"第九条"。2004年6月10日,他们召开记者招待会,宣布"九条会"正式成立,并表明要掀起一个反对宪法"改恶"的广泛的市民运动。

九条会的发起人恰好是九位,不知是偶然巧合还是有意的设计。他们分别是作家井上厦、大江健三郎、小田实、泽地久枝、加藤周一,哲学家梅原猛、鹤见俊辅,宪法研究专家奥平康弘,国际妇女运动活动家三木睦子,在日本社会无疑都是知名人士,但也确实都进入耄耋之年,创会之时年近七十的大江健三郎竟成了其中最年轻的一位。九条会成立的时候,曾遭到很多讥讽的声音,说他们是一批过时老人的集合,闹腾不起什么事来。而主流媒体则对之采取无视的态度。尽管他们的作品和著述仍一如往常地在发表、出版,但和九条会有关的活动和言论,却在主流媒体上得不到反映。也就是说,当他们试图就宪法问题进行政治发言时,以往已经习惯了的通过文字沟通读者的渠道被封闭了。

这也迫使他们开拓另外的渠道,他们直接到听众面前讲演。九条会发起的 2004 年,从 6 月到 12 月,举行了六次大型演讲会,从东京到大阪到冲绳、仙台、北海道,各地巡回,由几个主要发起人轮流担任主讲人。而他们都已高龄,虽为名人,但生活与一般市民没有区别。特别是几位作家,是地道的职业作家,完全以稿费和版税为生,即使是诺贝尔文学奖得主大江健三郎也没有特殊待遇,没有秘书、助手,更无专车和专职司机,外出演讲,要自己搭乘电车、地铁和巴士,还要占去写作时间,但他们仍然顽强地甚至可以说是固执地坚持着。本来,在书斋里写作,交给报刊和出版社发表,是他们工作和表达的基本方式,但对日本国民以及人类根本命运的忧虑,使他们不得不以现在这样的特殊方式介入社会:既然媒体出现了阻障,他们就把自己变成媒体。

在九条会发起人中,以作家身份为人所知者占了一半多,从一定意义上,完全可以把九条会的成立及相关活动视为当代日本文学史的事件。曾有一个时期,在中国读者的印象中,风花雪月和幽玄神秘成为日本文学的显著标志,非政治性被视为日本作家的优良品性。大江健三郎被大规模翻译介绍到中国以后，这种认识开始发生变化。在诺贝尔文学奖获奖演讲辞里，大江有意剥落前辈诺奖作家川端康成制造的日本的神秘面纱，直接放言批判日本政治，让习惯了"美丽日本"的读者感到震惊。在大江的作品里，特别是散文随笔里，曾屡屡提及一些他视为人生榜样的人物：渡边一夫、丸山真男、中野重治，以及萨特、托马斯·曼、君特·格拉斯。在谈论这些名字时，大江经常使用的界定词不仅仅是学者、作家或诗人，还特别强调他们的"知识分子"身份。而大江所说的知识分子，显然不只是一般所谓有知识的人，而是那种既具备某种专业知识，同时又对社会、人类命运持深切关怀的人。大江激赏这些"有勇气在一切公共事务上运用理性"（康德语）的前辈，自身也始终保持对社会公共事务关怀的热情。从参与反对《日美安全保障条约》运动，到呼吁停止核试验、批判日本新编历史教科书、参与发起九条会，坚持对政治发言，是大江始终如一的立场。这样的社会实践和他的文学写作之间的关系应该另有专文讨论，但大江坚持把作为小说家的自己编入知识分子的谱系，是一个显而易见的事实。

作家井上厦在中国似乎并不那么广为人知，但在日本，他的名字和大江健三郎同样响亮。井上厦的身世很有传奇色彩。他幼年丧父，遭受继父虐待，后被寄养到天主教修道会的孤儿院，受到修道会士献身精神的感化，接受了洗礼，成为天主教徒。在孤儿院神父的关照下，井上厦进入教会系统的上智大学，先入德语专业，后转到法语学科，大学毕业之前开始为东京浅草的剧场写作喜剧脚本,为后来的创作积累了经验。成为知名作家以后,井上厦涉足的艺术门类很多,其长篇小说《吉里吉里人》被公认为战后日本文学史上的杰作;但他最倾心投入的还是戏剧,1983年创立了专门演出自己作品的剧团。在文坛上,井上厦也以不能按时交稿而恶名昭著,甚至不止一次发生因他的剧本未能及时写出而停演的现象。井上厦曾自号"迟笔堂"以自嘲,也曾自掏腰包赔偿剧团的经济损失,但因他的文体独特,能深刻触及社会广泛关心的问题,每有新作,皆为佳品,且常常成为热议的话题,所以,仍然是当代最受欢迎的剧作家。

井上厦的政治立场鲜明,对日本现有体制持激烈批判态度,他曾和大江健三郎一起组织七人呼吁和平委员会,积极参与市民运动。1999年,井上厦和时任日本共产党中央委员会委员长的不破哲三对谈,分析后冷战时代日本社会的特征,讨论日本共产党的新战略和新政策。此对谈后来汇集成书,题为《新日本共产党宣言》,出版后引起相当大的轰动。尽管井上厦主要是以采访者的身份参与对谈,还是因此而招致"亲共派"之嫌;而这在日本对于一个知识分子而言并不是一个正面的标签。不过,有人注意到,井上在《宣言》里写自己看到不破哲三家里珍藏的人形里有明治天皇时,曾发出这样的感慨:到底还是日本人啊!以此说明作家井上对天皇制的态度与日共的政治主张有所不同,而来自右翼的攻击则说这是井上的伪装,并称要特别警惕共产党系统的文化人伪装的中立立场。2009年,井上厦当选为日本艺术院院士,接受了以平成天皇名义颁发的艺术院恩赐赏,再次招致右翼的嘲讽和质疑。不过九条会成员对此给予了宽容的理解,包括拒绝天皇颁发的文化勋章的大江健三郎,也没有因此而减少对井上的尊重和推重。这体现了九条会"和而不同"的特色,而井上厦既有自己的政治坚持又不为某一党派主张所囿的姿态,则使他的文学写作和社会、文化活动产生了更为广泛的影响。

在九条会发起人中,梅原猛是一个特殊的存在。对此,梅原本人有清醒认识。他说:"九条会发起人中,同情马克思主义者居多,我想,有一个像我这样一直严厉批判马克思主义的人加入其中,似乎也不坏。"梅原毕业于京都大学哲学专业,受到海德格尔、尼采以及西田几多郎思想的深厚影响。他给自己的定位是哲学家,但其学术业绩则主要体现在通过对《古事记》《万叶集》等日本古代文献和文学作品的重读,以及对日本神道、佛教的研究,重新构筑日本的古代世界。他的研究,因独创一家之说而被称为"梅原日本学"。而在 20 世纪 80 年代,以经济高度发展为背景的日本文化论热潮兴起的时候,他受政府之命在京都创办并主持国际日本文化研究所,建立国际日本学研究专业。一般说来,梅原猛属于体制内的人物,也与皇室比较亲近,但他在《隐藏的十字架——法隆寺论》等著作中重构日本古代历史,并未回避而是真实地描述天皇家族内部血腥的权力斗争。在梅原的理论中,"怨灵史观"最为著名。他认为,祭祀日本古代杰出政治家圣德太子的法隆寺,恰恰是杀戮了圣德太

子一族的政治对手建造的,为曾经的敌人的"怨灵"镇魂,构成
了日本文化的原型。而梅原猛的著作风格很不同于一般的学
院著述,想象丰富、论述与叙述交织,其内在的情节起伏,完全
不亚于文学作品,他曾被选为日本笔会第十三任会长,表明了
文学界和众多读者对他作为文学家的认知。

梅原虽非体制外的左翼知识人,对社会政治问题的发言也
同样采取"草根运动"方式,经常为各种类型的市民集会讲演,
从者甚多。当然他也从体制内向政府建言,当年中曾根康弘首
相参拜靖国神社遭到周边国家批判时,曾向梅原咨询,梅原以
"怨灵说"立论,说明靖国神社只祭奠己方亡灵的做法有悖日本
文化传统,对中曾根停止参拜有所影响。2001 年小泉纯一郎出
任日本内阁首相后,连续数年参拜靖国神社,梅原曾公开撰文
予以批评,并未因体制内的身份而改变自己的立场。在一篇文
章里,梅原曾谈到自己和加藤周一作为经历过战争的一代的
共有认识,即都深知战争给人类造成了怎样的不幸,所以,尽
管各自的思想不同,但有一点是一致的:必须坚守宪法第九条
的理想。

而这也正是九条会的根本精神。"在保护《日本国宪法》
这一点上携起手来",是九条会发起时的关键词。正因为九条
会以"护宪"特别是保护宪法第九条为最小也是最大的公约
点,所以能够超越传统的政党政治的运动方式,真正激发了公
民的参与热情。2004 年九条会发起当年召集的讲演会每场
都有两千至四千人参加,翌年夏天在东京举行的讲演会聚集

了上万人,而各地自动结成的各种类型的"九条会"则达到了三千以上,现在更成了声势浩大的运动,使得媒体已经无法继续无视公民们的呼声。

加藤周一：
战争体验与知识分子的伦理责任

　　日本九条会的九位发起人各有自己的专长领域，但都不是固守一隅的所谓"专家"，都有跨越专业的多方面成就和洞见，属于"通人"类型，其中加藤周一就是颇为典型的一位。他青年时代志趣在理科，但也对文艺怀有浓厚兴趣，1940 年进入东京帝国大学医学部读书，却常常去听法国文学专业的课，并和同学组织文学社，写诗作文。二战结束以后，加藤成了职业医生，但写作的热情更为旺盛，既创作小说、诗歌、随笔，又从事文化批评和社会批评。1951 年，他为了研究血液学赴法国留学，1955 年回国后却成了职业著作家，不仅继续文学创作，还陆续发表有关文学史、艺术史、思想史等方面的评论著作。他的《日本文学史序说》《日本美术的心与形》《日本文化的时间与空间》等，都正在成为现代学术的经典。而经常出现在杂志和书籍里的加藤的半身照，魁梧健壮，头颅硕大，确实很符合媒体给定的"知识巨人""百科全书式学者"的形象。

因此,2005年3月29日,当我们在清华园迎接加藤周一先生,看到从车上下来的是一位身材矮小、腰背佝偻、走路几乎是在慢慢挪移的老人时,真有一种意外的错愕。恰好又是黄昏时分,夕阳暮色,更让人产生"风烛残年"的联想。那年加藤先生已经八十六岁,身患疾病,本来不宜出国远行,但他慨然接受了我们的邀请,且固执地不要人陪同,一个人乘车乘机来到北京。在北京两天时间,他发表了两次学术演讲,又在两场座谈会上做主题发言,还接受了媒体的采访,活动强度远远超过一般长者所能承担的。而一坐到讲台,加藤先生仍然稳重如山,目光如炬,说话中气十足,思维反应的敏捷更丝毫不让青年。

那时,日本右翼通过所谓"新编历史教科书"美化日本侵略历史的鼓噪声音正盛,当时的首相小泉纯一郎公然连续参拜靖国神社的行为,也激起了包括中国在内的遭受过日本侵略的国家和地区人们的强烈反感。加藤先生在学术讲演时没有回避而是正面回应了这样的严峻现实。他分析日本文化的结构特征,纵横古今、东西比照,脱口而出的中国名言、欧洲典故,常常让翻译者不知所措;但加藤先生绝非为了炫耀博学,而是想努力从更深的层面揭示导致日本当年发动侵略战争、当下美化侵略历史风潮兴起的文化病理。在讲演中,他对"日本的社会政治""向右转的倾向"表示了深深的忧虑,同时也以沉缓的语调坚定地说:"只要我有一份抵抗的力量,我就会抵抗下去。对此我有一份伦理性的义务。"

加藤不懈追究侵略战争历史责任的动力,无疑来自他的切身体验。1931 年春加藤考入东京府立第一中学,同年秋,日本发动了侵略中国的"九一八"事变,此后,日本对外扩张的战争气氛笼罩了他整个青年时代。但加藤对战争的感受和记忆是非常独特的,这非常浓缩地表现在他的小说《那是一个晴朗的日子》最后一句:

> 在一个晴朗的日子战争来临,在一个晴朗的日子战争远去。

比加藤年龄小十一岁的泽地久枝说:昭和十六年(1941 年)12 月 8 日是否天气晴朗,我记不清楚,但我记得,日本战败的 8 月 15 日,是一个非常晴朗的日子。当然,加藤在事后的回忆中凸显战争事件和"晴朗"日子的关联,并非全然写实,而是为了隐喻地表现自己的心境。在日本举国狂热的参战情绪中,加藤不是挺身反战的斗士,却有洞彻战争结局的清醒,他把自己放在旁观者的立场。所以,在日本把侵华战争扩大到对美国宣战的太平洋战争,很多知识分子如后来成为鲁迅研究名家的竹内好都兴奋地宣称"历史被创造出来了!世界在一夜之间改变了面貌"的时候,他仍然能够置若罔闻。那时东京已经实行了灯火管制,据说那天晚上加藤去了前桥演舞场,在昏黄的烛光中观看传统曲艺木偶净琉璃,加藤曾在自传《羊之歌》里描绘了当时的场景,笔调亦真亦诗,所刻画的自觉疏离时代潮流的人物形象,虽以传主为原型,但应该不限于加藤本人。若干年后,即有当时置身同一剧场的友人来找加藤叙旧。

不过,日本举国动员的"总力战"体制不会让任何一个"国民"置身事外,就在 1941 年,日本医学界被全面编组到战争协力体系,加藤所在的医学部学生虽然不在"学生出阵"之列,但学习年限缩短,毕业生被作为军医征召入伍。加藤周一恰巧在应该接受入伍体检之前患了肋膜炎,避开了一劫,但他的很多同学和文学社的同人则被先后送往战场,有的一去未归。加藤感到良心受到了严厉拷问,他后来写道:"那么多同学和朋友死了,我自己却侥幸活着,这并非因为什么特殊的理由,只是偶然。没有任何理由,我的朋友因战争而死去。"他追问,如果这些朋友能够发表意见,他们会怎样说? 他们一定不会肯定战争,所以,"如果我发表肯定战争的意见,那就是对死去的朋友的背叛"。后来,加藤多次强调"反战"的伦理性意义,根源即在于此。

而把加藤真正从居高临下的旁观者拉到实际的战争现场,则是日本将近战败前东京遭受的大空袭。"1945 年 3 月 10 日,美军的 B29 飞机对东京进行了大约两个半小时的轰炸。用燃烧弹进行的一拨又一拨的地毯式轰炸。几乎没有抵抗,半个东京被烧成废墟。死亡的市民八万以上,负伤者超过四万,可以和五个月后的广岛受害规模相比。"(加藤周一:《六十年前的东京之夜》)六十年后,加藤描述当时的情景,仍然令人怵目心惊。大学的附属医院意外地未被殃及,加藤周一再次侥幸生存,却无法继续"众人皆醉我独醒"的超然姿态了。不断有受伤市民逃到医院,作为内科医生,加藤和同事们不分昼夜地投入救治。后来他回顾说,在此之前,因为自己一直和"战争"这一历史事件保持着某种距离,"和同胞市民的距离也不断加大","这种距离基本消除,我完全融为市民的一员,就是在 3 月 10 日及以后的数周之间"。这期间,加藤和东京市民一样,只有一个目的,就是无论如何也要生存下去。他们为此而共同行动。

　　但加藤的独特之处在于,他没有因为曾经直接进入历史事件便一直停留在当事人的立场,他注意到,在当事现场,除了行动,其实是没有思考甚至感伤的余暇的;并且,任何一位当事人与历史大事件的接点都是有限的,他以自己为例说,"我所直接了解的只是遭受轰炸后的医院内的事情。在那狭小的空间中,我没有想到去理解事件的整体,甚至没有想到去观察整个事件"。思想家的特质,使加藤没有仅仅停留在自己有限的经验层面上,而是不断对自己的经验进行回味、反思和开掘。东京大轰炸事件在他头脑里萦回了数十年,他不断地透过这一事件思考作为历史当事人的行动和作为事件观察者的认识之间的辩证关系。他说,对事件的全面把握和整体认识,产生于参与行动停止、把事件作为观察对象之后,但是否作为当事者参与了实际行动,对观察者的认识的意义是巨大的,"如果 3 月 10 日我不在燃烧弹降临的东京市中心医院,可能就不会和被害者产生如此强烈的连带感","而如果没有这样的连带感,我大概也不会执拗地从人性与社会、历史的意义上对产生如此悲惨的受害者的大轰炸、对必然导致大轰炸的战争进行追问和关心"。

加藤的结论是："知识的动机不是知识本身,而是从当事人的行动中生出的一种感觉。"(加藤周一:《六十年前的东京之夜》)

按照这样的思考逻辑,加藤没有因为目睹同胞的受害而放弃对曾经置身于侵略战争历史中的日本国民的责任追究,他尖锐地追问:"1941 年 12 月 8 日,是谁讴歌了军国主义? 看了袭击珍珠港的电影,是谁称赞叫好?"他借用希腊神话比喻说:"难道不正是特洛伊的市民?"当然,在加藤看来,在战争期间,一般民众确有受当局宣传蒙蔽的一面,但对知识分子,就不能用受蒙蔽来搪塞了事。知识分子的战争责任,是加藤战后写作反复讨论的问题,在《知识人的任务》《战争与知识人》等文章里,他明确反对二战以后有人提出的所谓一亿国民"总忏悔"的主张,他认为,知识分子实际负有更主要的责任。作为批判知识分子,加藤特别警惕的是知识分子以各种说辞转嫁责任,包括用东京空袭的受害遮蔽日本侵略的加害历史。就此而言,加藤通过自己的书写,凸显日本战败投降日是"一个晴朗的日子",确实表现出了特殊的勇气。

在语言与装甲车之间的思考

　　在战后日本作家中,加藤周一以"国际派"著称。他曾留学欧洲,长期执教北美,且积极参与亚非作家会议运动,关心第三世界的发展,也热切注视社会主义阵营的探索,对国际问题的观察和思考,自然也成为他的评论文章的内容。

　　1967 年春捷克斯洛伐克发生的变革,曾引起加藤的关注。那时他正在加拿大英属哥伦比亚大学任教,积极通过多种信息源了解"布拉格之春"的进展,到了 1968 年初夏,终于决心亲自前往考察。他从东京出发,游历了莫斯科、华沙、维也纳等地,并到布拉格停留了数日。布拉格给加藤留下的最深印象,是包括青年学生在内的知识人活泼的精神和自由讨论的气氛。无论是批判本国政府的政策、议论社会主义阵营的问题,还是批判美帝国主义,都可以大胆放言。在加藤看来,当时布拉格媒体的言论自由程度,已经超过了东京的 NHK(国家广播电视台)。

　　但就在加藤周一离开布拉格不久,苏联出兵捷克,据说调动了五十万大军,一千五百辆装甲车开进布拉格市区。那天加藤正在奥地利,在莫扎特的故乡萨尔茨堡聆听莫扎特创作的乐曲,走出音乐厅时知道了这个消息。那时他对苏联式社会主义已经失望,若干年后,加藤回顾说,当时他认为,将来能够创建比现在的资本主义和苏式社会主义更优越体制的,或许就是捷克斯洛伐克这样的小国。但他的"自由社会主义"愿望一夜间被毁灭了,内心非常阴郁沉痛。

由于捷克政府指示军队放弃抵抗,由于市民和学生只进行了有克制的抗争,没有发生大规模的流血冲突。但加藤注意到,在言论方面,捷克的反抗是非常激烈的。报社被占领军管制了,就转到地下秘密印刷;广播电台被占领了,秘密放送的电波随即充满中部欧洲的天空。而在布拉格街头,捷克男女老少的抗议和怒骂,则回响在占领军装甲车的四周。在维也纳,加藤曾收听到捷克的秘密广播,听到播音员悲愤地说,现在捷克政府已经没有报道机构,如果有占领军闯进我们的藏身之所,我们的报道就会中断,但我们是"合法的秘密广播"。加藤关注着事态进展,同时动手写作评论文章,他捕捉到了两个特别触目的意象:语言与装甲车,以此作为主线进行分析:

> 语言无论怎样尖锐,并且,无论怎样多的人的声音,都不可能毁坏一辆装甲车。装甲车可以让所有的声音沉默,甚至可以毁掉整个布拉格,但是,在布拉格街头的装甲车似乎无法把自身的存在正当化,为了自身的正当化,无论如何都需要语言。不是使对手沉默,而是必须做出反驳,

并且必须是用语言反驳语言。1968 年的夏季，在被小雨淋湿了的布拉格街头，占压倒性优势的无力的装甲车和无力的占压倒性优势的语言两相对峙。在这里，没有可能分出胜负。

加藤周一的这篇《语言与装甲车》，最初发表于岩波书店出版的《世界》杂志 1968 年 11 月号，是对还处于流动状态的重大历史事件所做的时事性评论，但其中蕴涵的思想洞见，以及丰富感性与明澈理性恰切融合的论述方式，无疑都远远超出它所谈论的具体事件。加藤本人也非常珍视这篇文章，2008 年夏，他已经卧病，但内心有话不吐不快，便请两位媒体界朋友到家里做了一次访谈，访谈稿整理发表时题目定为《加藤周一谈 1968》，副标题则是"重谈'语言与装甲车'"。据编者说，这是加藤先生最后的遗言。

加藤的评论文体：以《四月的梦》为例

　　加藤周一对法国作家、思想家萨特情有独钟，曾撰写过有关萨特思想的研究著作，也翻译过萨特的理论著作，他把萨特文学论的关键概念 la littérature engagée 译为"参加的文学"，亦即中文里通用的"介入的文学"。加藤显然是自觉站到这一谱系上的，同时，他也非常自觉地坚持以一个作家的方式"介入"社会。从前面引述的文章应该可以看出，加藤周一的评论，其实是具有鲜明的文体特色的。当然，加藤的批评文字涉及文学、艺术、建筑、社会政治、国际问题，所采样式也多彩多姿，既有规模庞大、体系完整的史论著作，也有发表于杂志、报纸的时论、随笔，还有大量的讲演、对谈，对其做出整体性评述不是本文所能完成的任务，在此仅以一篇带有时评色彩的随笔《四月的梦》为例略做考察，希望能借一斑而窥见全豹。

　　这篇随笔发表在《朝日新闻》2005 年 4 月 21 日晚刊的"夕阳妄语"栏。这个专栏是为加藤开设的，从 1984 年 7 月开始，每月刊出一篇，一直到他去世的 2008 年 8 月，持续了二十五年之久。栏目题名"夕阳",自然与设在报纸的晚刊有关,但也明显透露出作者的自嘲。栏目开设时加藤已过花甲,自称老人也没什么僭越,即使放言妄语,人们也该姑妄听之了。不过,所谓"妄语"无疑也是加藤的自谦之词。"夕阳妄语"发表的虽多为现实感言,却不是就事论事的评论。作为一个洞悉世界格局、熟知东西文化的学者和想象力丰富的诗人、小说家,加藤面对当下的社会现象,会很自然地联系古今事例,在纵横交错的社会历史脉络中进行综合考察;而作为一个具有深厚人文关怀的知识分子,他始终坚持以和平、人道为基准进行分析判断,良知、理性、渊博知识和敏锐的感悟力便均衡地熔铸在文字里,构成其文章的独特表述方式,即使"夕阳妄语"系列这类看似信笔写来的报纸文章,也鲜明体现着这样的特色。

且看《四月的梦》的开篇:

今年四月一日,我做了什么呢?北京的友人把我送到机场,然后,我坐在飞往东京的客机里打盹。突然间,发现在我坐下时还空着的邻座席位上,坐着一个中年男子,他说:"以前曾经见过您呀。"很明显,他既不是中国人,也不是日本人,我想不起来什么时候在什么地方见过他。

于是,我岔开话题,似答非答地说:"你的日语说得很好啊。"

那男子颇不以为然,说自己可以讲六个国家的语言,随后便突然转了话题,问我:日本首相为什么要那么固执地坚持参拜靖国神社呢？这是我在北京刚刚议论过的问题，是比这个男子的六国语言更麻烦的话题，我决定任由他说。

读到开头这句"北京的友人把我送到机场"，我感到心里很暖。如同前面已经说过的那样，加藤先生的这次北京之行，其实是我也参与的"清华东亚文化讲座"一班朋友筹划的。这个讲座实际是一个读书会或研讨班，由北京一些有志于东亚研究的学人自由组合而成，每月一次活动，从 2004 年 6 月开始。到 2004 年年末，因为得到日本国际交流基金北京事务所的资助，我们开始筹划一次"特别演讲"，而当讨论到拟邀请的主讲人时，我们几乎不约而同地想到了一个名字：加藤周一。同时又都为这个大胆的提案吃了一惊，因为我们都知道，作为国际知名的文化人，加藤先生的写作和社会活动繁忙，怎么可能按照我们的预想安排出日程？

但后来的联系结果出乎我们的意料，加藤先生慨然接受邀请，于 2005 年 3 月 29 日如约来到北京，然后，就是一连串的活动：30 日上午参加座谈会，下午在清华大学图书馆报告厅发表题为《医学·文学·社会批评：我的人生 我的路》的讲演；31 日上午出席北京大学日本文化研究所举办的座谈会，下午又在日本国际交流基金北京事务所会议室就日本文化的特征发表演讲。那几天，我们这些组织联络者一直处于兴奋状态，到了 31 日晚上，预定的主要活动都结束了之后，才感到有点后怕，我们怎么给这位八十六岁高龄的老人安排了如此紧张的日程？加藤先生也和我们一样兴奋，但他善于把握节奏，4月1日清晨，他洗漱完毕出现在我们面前时，神清气爽，深邃的目光仍然炯炯有神，在赶赴机场之前，还从容接受了《中国青年报》记者的采访。

　　当然，2005年4月1日，我们只是送加藤先生到了北京机场，至于他在机舱的奇遇，则是读到《四月的梦》之后才知道的。这位"可以讲六个国家语言"的男子究竟是何等人物？加藤先生走进机舱，遇到了一位和他一样精通多种语言的人吗？且坐在邻座，如此巧合的可能性很小，文章以"梦"为题，在结尾处又写道："转过头去看，邻座的男子突然消失，连影子都不见了。"都暗示了作者所使用的虚构手法。如果读过加藤的小说《诗仙堂志》，应该会记得，那篇作品所设置的叙述者"我"在京都游览诗仙堂时，曾遇到一位老人，两人围绕诗仙堂主人——江户时代初期著名汉学家石川丈山的人生历程和人生哲学，展开了热烈的讨论，而到结尾处，也曾出现类似场景："我巡视四周，却看不到老人的踪影，……树影伸长，但离黄昏尚远，京都市内电车的声音隐约可闻，老人是谁？会不会是丈山本人？我的脑海甚至闪现过这样荒唐的想法。"

　　作为《四月的梦》的读者，我也不免生出同样"荒唐的想法"，精通多国语言的人，不就是加藤先生本人吗？而如果了解加藤北京之行前后日本社会政治状况和中日之间的关系，也就可以理解这位"邻座男子"关注的焦点，为何会集中在日本首相参拜靖国神社和修改宪法上，这确实是加藤在北京期间经常被问到的话题，同时也是他本人长期关心的问题。早在 20 世纪80 年代后期，加藤就注意到，随着冷战体制的解体和新的世界格局形成，日本社会明显出现向右转的倾向，本着一个知识分子的良知，他奋起批判那些否认日本侵略历史的言行，呼吁日本国民要真诚地反省侵略的历史，同时也坚定地维护战后日本的和平宪法。在清华大学发表的演讲中，他明确把参加九条会看作是自己人生的最重要阶段，就是这一思考和行动脉络上的自然之举。就此而言，可以说，《四月的梦》里邻座男子提起的下面这些问题，其实是加藤本人多年思考的延续。

如果单就靖国神社本身来看，问题并不严重。同样，教科书问题，强行要求升国旗、唱国歌问题，政府要人连续不断的"失言"，也是如此；甚至要求修改宪法第九条的活动，亦可作如是观。但是，如果把这些事情集合起来，就看得出来，这是对日本周边所有邻国的重大挑衅，不只是对中国，还有韩国、朝鲜，甚至还应该算上俄罗斯。由此造成的影响，在国际政治方面，波及到联合国安理会的重组，将使日本加入安理会常任理事国变得困难；在经济方面，可能也会给能源共同开发、高速铁路建设等重大的商业谈判带来障碍。总而言之，日本在亚洲的孤立程度，将越来越严重……

"因孤立而不安，就会越加强化日美军事同盟。"我小声嘟哝了一句。

"相反,越追随美国,就越发孤立。"男子回应说。

"这是一个恶性循环。"

"不对,不是那么回事。通过政经分离扬弃政治和经济矛盾,应该说是辩证法式的策略吧。"

当然,《四月的梦》的邻座男子和"我"不仅年龄、身份有明显不同,就是观点也不尽一致,加藤以他爱用的手法,设置一个分身幻象,显然是为了推进论辩式的对话,文章写"我"开始对邻座男子的话"似听非听",逐渐觉得有必要认真对待,自然也是为了强化修辞的效果,把议论性文字放置在叙述性的结构之中,使文章曲折而有悬念,而通过这个似"我"非"我"的角色提起问题、展开讨论,无疑也是推动读者思考的需要。正是在这样的脉络上,到了文章后半部分,邻座男子的议论更加滔滔不绝,甚至把江户时代的锁国拿来,对比分析日美同盟强化可能造成的新型锁国:孤立于亚洲和世界。然后再次向"我"提出修改宪法的问题:"现在,日本本来是被人强摁着要修改宪法的,却有人说,因为现行宪法是别人强加给我们的,所以应该修改。你说,对强加到自己头上的东西,究竟是喜欢还是不喜欢?"

有必要介绍一下,早在 1989 年,加藤就曾发表过有关日本战后宪法的长篇演讲。那年正是明治时期《大日本帝国宪法》颁布一百周年,也是战后宪法"强加论"在日本国内开始抬头的时期,加藤没有回避这个问题,而是在讲演开题就直接揭示问题的核心：二战以后，也就是 1947 年颁布至今仍然实行的《日本国宪法》，到底是不是别人强加给我们的？然后，加藤以他一贯明快而犀利的分析刀锋，剖析"强加论"者的修辞诡计，指出他们有意模糊了施事和受事的主体，也就是究竟是谁强加给谁的问题。加藤引用史料证明，1945 年日本战败以后，确实是联合国占领军司令部首先发布指令，宣布废除战争期间日本政府颁布的镇压思想言论自由的《治安维持法》，随后又否决了当时日本政府提出的宪法修改草案，提出了自己的方案。而在占领军司令部的方案里，列有改明治宪法的天皇主权为国民主权、宣布尊重人权、放弃战争等条款，包含了后来正式颁布的《日本国宪法》的主要内容，所谓的战后宪法"强加论"，根源即在于此。但加藤指出，其实准确的表述应该是：这是联合国占领军强加给日本政府的，他认为必须区分政府和广大国民的不同，而根据《每日新闻》社 1947 年 5 月的舆论调查，在占领军司令部方案基础上制定的《帝国宪法改正案》公布以后，百分之八十以上的国民赞成改"天皇主权"为"象征天皇制"，百分之七十的国民赞成放弃战争。据此，加藤认为，战后的《日本国宪法》表达了多数国民的愿望，得到了多数国民的认可和欢迎；与此相反，明治时期的《大日本帝国宪法》规定三权统属于天皇，并以钦定方式颁布，尽管没有调查数据了解当时的国民反应，但无论从条文内容还是制定、颁布程序看，都可以断言，明治宪法才真正是"强加的宪法"，是政府强加给国民的。

　　了解了这样的背景，再读《四月的梦》，可以知道，文中提起的战后宪法"强加论"并非随意插入的话柄，而是深有用意之论。并且，因为作者以前对此早有充分论述，所以，在这篇专栏短文里，"我"回答邻座男子所谓对"强加"的东西是否应该"喜欢"的问题，才如禅宗的机锋转语，机智而微妙：

　　"不，真正不喜欢的，应该是怀疑患有 BSE 病（注：疯牛病）的牛肉。"我说。

　　"若干年以后／现在的日子吧／还会记起来吧／品味牛肉的岁月／至今仍让人怀念。"

　　"这是什么？"

　　"《百人一首》，在三十一个文字中，凝结过去、现在、未来的抒情诗。"

"我"的回答看似不着边际，答非所问，实际上清楚地表明了自己的立场：决定喜欢或不喜欢的标准，要看其是否像"患有 BSE 病的牛肉"那样有害。而接下来引出的那首和歌，则确如"我"所说，是来自《百人一首》的作品，这部和歌集因选录一百位作者的一百首和歌而得名，有多种版本，镰仓时代著名歌人藤原定家的选本《小仓百人一首》最为著名。《四月的梦》引用的是《百人一首》之第八十四首，原文如下：

　　ながらへば ／ またこのごろや ／ しのばれむ ／ 憂し と見し世ぞ ／ 今は恋しき

翻译成中文，其大意是这样的：若干年以后／现在的日子／还会记起吧／逝去的忧伤岁月／至今仍让人怀念。

加藤周一熟稔日本古典文学，写作随笔时信手引用古典和歌里的句子，在他是很自然的技法，但此处的引用并非原样照录，而是把第四句做了改动，此句原文的"憂"字（有忧伤、凄惨等意）读作うし（ushi），在日文里与"牛"谐音，加藤利用谐音把第四句"逝去的忧伤岁月"改为"品尝牛肉的岁月"（うし食べし世ぞ），不仅接续了上文"患有 BSE 病的牛肉"的文脉，把政治性议论巧妙转换到日常生活场景，同时也是一种有意的戏仿，使"品尝牛肉的岁月"和"逝去的忧伤岁月"相互指涉映照，为前面的议论性对话做了斩截而意味深长的收束。其实，加藤周一先生的《四月的梦》，不也可以说是把他关于过去、现在、未来的思考凝结到有限文字里的一篇杰作吗？

Ⅸ 日本文学中译百年的历史掠影 *

2006 年 12 月下旬，北京微风无雪的日子，在中国社科院外国文学研究所主办的"中日青年作家对话会"上，二十余位青年作家聚首欢谈，此前，他们已经通过翻译阅读了对方的作品，彼此有所了解，所以对话进行得自然、亲切，热烈而开心，发言的时间一延再延，大家仍然觉得意犹未尽。作为一个研究者，我有机会在现场目睹这样的情景，联想起一百多年来中国文学与日本文学曲折而复杂的交流过程，特别是日本文学在中国的翻译与接受的状况，不禁感慨万千，觉得有做一点历史回溯的必要，当然，我知道，这需要长时间的研究，需要一部甚至几部大书，而我只能简略地勾画几个片断图景。

　　外国文学在中国的翻译、介绍，其实并不是按照国家、地区均衡分布的，在相当长一段时间内，英国、法国、俄罗斯、日本的文学明显占了比较大的比重。促成这种现象形成的原因，许多属于文学之外，在此无法详论，仅就日本文学在中国的翻译和介绍情况来说，在不同时期，其具体形态也颇不同。如果粗略地勾勒，近一百多年以来，可以说有两次比较大的热潮。

＊　原刊于《外国文学动态》2007 年第 2 期。

两次翻译热潮与"脱脉挪用"式解读

第一次热潮出现在 20 世纪初至 30 年代前半。而近代中国知识人有意识地关注日本的文化和文学，可以追溯到黄遵宪、康有为一代。前者作为首届出使日本的外交官，对日本文化与文学知之深切又能辨查微细，后者则从维新启蒙的立场，最早发出了大力翻译日文书的呼声。在康氏辑录的那本厚厚的《日本书目志》中，包括了文学，且为小说专门设立了一个门类，这些都曾对后来的文学运动产生过影响。而康有为当时的着眼点，则主要在于通过日本学习西学，因为在他看来，"泰西诸学之书其精华者，日人已略译之矣""且日本文字犹吾文字也，但稍杂空海之伊吕波文十之三而已"，转译起来迅速快捷，可以事半功倍。取径东洋学西洋，通过日本这个窗口学习欧美，这一思路在晚清几乎成为士人的共识，张之洞 1898 年撰写《劝学篇》，在"外篇·游学第二"章里也明确说到："至游学之国，西洋不如东洋。"所列理由，与康有为的说法接近，其中也有一条，谈到"东文近于中文，易通晓"。康、张关于中文和日文/

东文的言论,或许不无误解,但也包含着重要的历史信息。以往我们曾比较多地谈论近代以来西方压力导致的汉字文化圈的解体,很少注意到,汉字文化的重构和再生运动也在同时进行。汉译西书曾为日本 19 世纪翻译西学书籍提供了重要借鉴,而日本创制的汉字新词流入中文,又使得近代东亚地区增加了很多共有的语汇。比如和本文的话题最为切近的"文学""小说"等概念,即属此类。虚构性的叙事文学在中日两国之间,之所以没有分别表记为"说部""话本"/"物语""读本"以及其他的文字符号(如坪内逍遥《小说神髓》里曾使用过的片假名ノベル),而是统一于"小说"这一汉字词,应该就是这一运动的结果。

近代以来的中、日文化交流史,并不仅仅是同一文化圈内两个国家接触的结果,更是在西洋(西欧)主导的全球化背景下展开的,中国知识界通过日本这一窗口转译的西学,同样也构成了中国知识界认识和理解日本的视镜和背景。1898 年梁启超流亡到日本后,根据日文文献撰写的大量介绍卢梭、培根、达尔文、亚当·斯密等西方思想家以及西方社会、文化制度的文章,和他这一时期选择日本政治小说进行翻译介绍的活动,无疑具有互文性关联。1906 年鲁迅"弃医从文"之后,和周作人翻译出版《域外小说集》(1906 年),收录作品十六篇,没有选入一篇日本小说,同样也可说是"取径东洋学西洋"思路的延续。但此时他们的视野已经跨出一般所谓"西洋"的格局,更为注意俄罗斯以及波兰、捷克等东欧的弱小民族文学,而正由于他们身在日本而不拘囿于日本，放眼世界，广泛汲取各国文化，所以才在返观日本时表现出了不同寻常的眼光。鲁迅五四时期翻译的日本文学作品和理论著作，以及他所做的评断，之所以精深而独到，原因盖出于此。

当然，中国知识人开眼看世界，关注包括日本在内的"他者"，更迫切的目的是确认自我，确立自我的主体，他们翻译、介绍日本文学的动机和动力，其实主要来自构建本国文学的需要。因此，尽管早在康有为的《日本书目志》里，已经著录有被视为日本近代写实主义和口语体典范的小说《浮云》（二叶亭四迷著），梁启超提倡"新小说"的时候，还是把据说在日本文坛已经过时了的汉文体政治小说作为翻译的首选；同样，在日本并不很知名的厨川白村，1924 年至 1925 年间其代表著作《苦闷的象征》先后有三个中文译本问世，其他著作也几乎全被译成中文，成为中国最受重视的外国文论家之一，也是五四落潮后的中国社会与文坛氛围促成的景观。而在 1930 年前后，中国的"革命文学"批评家接受日本普罗文学理论，强化其政治意识形态宣传的一面，而忽略其写实原则，舍弃其对下意识领域的艺术关注，显然脱离了日本普罗文学理论原本的脉络，但放到当时的中国历史语境中，则不难理解。

从清末兴起的日本文学翻译介绍热潮，一直持续到 20 世纪 30 年代前半，后因日本的侵华战争而落潮。二战结束以后，特别是 20 世纪 50 年代至 60 年代前半，日本文学在中国的翻译介绍有明显的回升，近代日本文学史上著名作家二叶亭四迷、夏目漱石、岛崎藤村等人的代表作，开始有了中文译本，左翼作家小林多喜二、德永直和宫本百合子等人的作品，更得到集中的译介。此外，对日本古典文学的计划性翻译，也值得重视，如周作人译的《古事记》《平家物语》，钱稻孙译的《万叶集》，丰子恺的《源氏物语》，虽然多数在当时未能出版，但无疑为以后奠定了坚实基础。

日本文学在中国的翻译介绍真正可称得上繁盛的第二次热潮，开始于 20 世纪 80 年代以后。由于中国推行改革开放政策，之前已经与中国改善了国家关系的日本，和中国的经济、文化联系更加密切。而随着日本制造的产品，特别是家用电器以及日本的电影、电视连续剧、动画片深入中国的千家万户，日本文学也成为中国读者热心阅读的对象。据不完全统计，20 世纪80 年代，中国"平均每年出版日本文学译本约七十多种。其中，出版量最高的年份是在 1985 年至 1989 年间，平均每年约有一百种"（王向远《二十世纪中国的日本翻译文学史》）。在大量单行本译作出版的同时，还有人民文学、上海译文和海峡文艺出版社先后出版的《日本文学丛书》《日本文学流派代表作丛书》等大型丛书，收入了从《源氏物语》《平家物语》到夏目漱石、森鸥外、佐藤春夫、芥川龙之介、谷崎润一郎、川端康成等近现代作家的作品。而在日本近现代作家中，谷崎润一郎、川端康成等具有所谓日本独特情调和风格的作家，受到了特别的欢迎。尤其是川端康成，虽然研究者们曾为他的小说主题、人物的思想内涵展开过激烈争论，但把川端文学特色视为空寂的幻美，逐渐成为通识,而川端在诺贝尔文学奖受奖式上的讲演词《我在美丽的日本》,经过翻译家和评论者的解读,也演化成最具代表性的"日本意象"。

在中国出现这种脱离日本文学本来的社会历史脉络的接受,自然是有其原因的。对日本文学这种"脱脉挪用"的非历史化解读,其实恰恰是当代中国历史语境的产物,简言之,在 20 世纪 70 年代以后的中国,长期闭锁的国门打开,人们要面向世界开放,不能不改变四处皆敌的意识,经过了长期的"阶级斗争"风浪之后,人们希望远离意识形态,来自异域的幻美意象自然就会产生空前魅力。

另类接受与共时思考

以上主要是从翻译和研究角度,讨论和评价日本文学在中国的状况,所以,比较注意日本文学在本国语境时的原初状态和转换到中文语境后的变形,但如果从正在进行中的中国文学写作与日本文学关系进行考察,我们的分析也许需要换一个角度。因为当代中国作家阅读包括日本文学在内的外国文学作品,主要依靠译文,如果用对原作是否忠实理解、对原作的历史语境是否准确把握等标准来衡量,会变得文不对题。当代作家们的阅读属于另类阅读,其接受方式也是另类的。比较突出的例子,可以举出余华和莫言对川端康成的阅读。

余华在《川端康成和卡夫卡的遗产》一文中回忆说:"1982年在浙江宁波甬江江畔一座破旧公寓里,我最初读到川端康成的作品,是他的《伊豆的舞女》。那次偶尔的阅读,导致我一年之后正式开始的写作,和一直持续到 1986 年春天对川端的忠贞不渝。那段时间我阅读了译为汉语的所有川端作品。他的作品我都是购买双份,一份保藏起来,另一份放在枕边阅读。

后来他的作品集出版时不断重复,但只要一本书中有一个短篇我藏书里没有,购买时我就毫不犹豫。"余华为什么会对川端文学如此迷恋? 因为他从中发现了"作家的目光",余华说:"两个以上的、它们之间可能是截然无关的事实可以同时进入川端的目光。"这一点深深地启发了他。 如果我们回想一下,在这一时期,研究者们正在为《雪国》的主题是进步还是反动、《雪国》中的人物是美还是丑等问题争论不休,就更可以说,作家们的解读确实是另辟蹊径。莫言也多次谈到,大约也在这一时期,他阅读川端康成的《雪国》,小说里的一句话让他震惊,"脑海中犹如电光石火闪烁",于是,还没等到读完川端的小说,他就冲动地拿起了笔,写出《白狗秋千架》的开头,而他作品中最重要的意象"高密东北乡"也由此产生(参见《二十一世纪的对话——大江健三郎 VS 莫言》)。日本当代文学评论家川村凑曾专门查阅过莫言提到的那个句子:"一只黑色而壮硕的秋田狗蹲在那里的一块踏石上,久久地舔着温热的河水。"这在《雪国》里只是一个闲笔,既不牵连前后的结构,也没有特殊的隐喻意义,但莫言认为这句话确定了自己写作的基调。这样的理解,无疑是片断的、部分的,甚至可说是断章取义,但从文学写作来说,这样的阅读和接受无疑是具有生产性和创造性的。正如大江健三郎所说,作家和作家在灵感、意象之间的牵连互动,有时是不可思议的。

　　对莫言、余华等人来说,《雪国》及其作者,都处于遥远的时空之中,和鲁迅、周作人等当年住在夏目漱石的旧宅伍舍(位于东京本乡地区的一所民宅,夏目漱石曾经住过,1908—1909 年间,鲁迅、周作人等租住在这里)里,阅读《朝日新闻》上刚刚刊载的夏目漱石作品的情形当然会大为不同。在当代中国,日本文学的翻译和介绍,和日本文学在本土出现的时间上常常会有一个落差,也就是说,在中国新近翻译过来成为热点的作家,多数在日本早已是成名作家,中国的读者其实是在读上一代日本作家的作品,而对同时代的日本文学,则只有零星了解。由于语言的跨国转译,出现这样的现象原本正常,也不是中国所独有,但随着各国文学越界交流的频繁,这种时间的落差正在快速缩小,20 世纪 90 年代中期大江健三郎比较集中地被翻译成中文的作品,既有早期的小说,也有刚刚问世不久的新作,而他在诺贝尔文学奖受奖演说中对中国青年作家的真诚推许,则让中国读者感受到同时代的连带。2000 年大江健三郎访问北京并发表演讲,2002 年他以一个采访者的身份奔赴莫言的故乡山东高密,无疑都是中日文学交流史上的标志性事件;而从大江和莫言的对谈中所流露出的会然于心的默契,则生动证明了中日作家跨越国界和语言进行共时思悟的可能。

当然,更值得注意的是,近些年来,迅速被翻译、介绍到中国的日本文学,不仅有大江健三郎、谷川俊太郎、吉增冈造等著名作家的新作,也不乏文学新人的佳篇,如又吉荣喜《猪的报应》、茅野裕城子《韩素音的月亮》《西安的石榴》、柳美里的《客满新居》等,最为引人注目的应该是金原瞳和绵矢莉沙,这两位分别出生于 1983 年、1984 年的女性作家 2004 年获得芥川文学

奖后，2005 年《世界文学》杂志便译载了她们的作品《裂舌》和
《真想踹他的背》。这些中青年作家的作品译介到中国之后，会
被怎样阅读，或者会发生怎样的文学影响，都还有待观察和检
验，但也可以推想，他们所提起的话题，以及尝试的表述方式，
是能够在中国的青年一代唤起共鸣的。即如茅野裕城子反复
申说的语言和身体的困惑，本来就是在"中日之间越界"过程中
产生的；而金原瞳小说中有关"身体改造"的描写，也许会让中
国的读者震惊，但《裂舌》结尾处表露的对人与人之间情感沟通
的憧憬和渴望，似乎也是在提问：在缭乱变换的流行色背后，是
否还有不变的永恒？ 而这些，不也是当代中国青年作家以及更
多的青年读者所面对的问题吗？

X 小结 *

——远近之间：3·11后日本文学的再出发

2011年3月11日,毫无疑问将在日本乃至人类的历史上成为一个标志性的日子。巨大的地震和海啸,使位于日本东北太平洋沿岸的一些村庄和市镇顷刻间化为乌有,上万人失去生命。道路寸断,楼厦起舞,供电中止,通信失灵,即使是电视台等大众传媒一时也惊愕无语,以文字书写为主要表达方式的作家自然无法做出迅速反应。而在随后的抗震救灾行动里,作家们似乎也很少有让人瞩目的表现。以非虚构写作著名的女作家河合香织深为感慨地写道:和奔赴灾区第一线的救援队、医生们相比,和高额捐款的演艺界明星们相比,"在非常时刻,文学是多么无力"!但河合同时引用作家池泽夏树的话说:"当某一事件发生的时候,作家总会最后赶到。"很明显,河合其实相信,面对巨大的灾害和异变,作家和文学可以并且也应该发挥自己特有的功用。对此,日本的读者是颇为理解的,一位读者曾在河合香织的博客里留言说:"当灾害或战争告一段落之后,作家可以在纪实性资料的基础上,深入发掘其原因、背景和相关的人物,升华为感人的作品。优秀的作品,历经岁月淘洗,仍然会得到好的评价,传诵下去,这不就是文化的重要性之所在吗?"

来自现场的声音

事实上,日本的作家们并没有坐而等待。由于地震的范围之广,余震持续之长,很多作家都是直接或间接的在场者,很快就在媒体上发出了声音。已经八十一岁高龄的作家加贺乙彦也是一位医生,1995 年日本阪神大地震时期曾作为志愿者参与救灾,此次东日本地震发生时,他刚做过心脏手术,到医院复查时感受到地震的波动,回到位于东京本乡区的公寓时电梯已经停运,艰难地爬上九层楼梯推开自己的房间,只见五千册藏书散乱一地。拖着病弱之身,加贺仍然关注遭受海啸袭击的地区,关注震后余生在避难所度日的人们,他说,此次灾难让他想到二战末期日本遭受的轰炸,想到广岛、长崎遭受的原子弹,但"和战争中军国主义的横行不同,现在有如此众多志愿者投身救灾的活动",让他觉得"未来的日本仍有希望"。他在《重建的希望仍存》一文中呼吁说:"如此巨大的天灾,确实非人力所能及。但不能只是绝望,让故乡再生,建设能够抵抗大海啸的街市,才是我们的希望。"

　　作家的感受,与其置身于怎样的受灾位置密切相关。曾获得直木文学奖的作家伊集院静家住东北地区的仙台市,属于受灾严重地区,虽然他的住所因做了防震加固而没有大碍,周围邻居的房屋却受损严重,很多老年人逃往避难所。伊集院静尽自己的可能救助邻人,而当知道东京出现抢购风潮时,他发出了严峻的质疑:"从受灾地区的角度来说,东京人应该扪心自问:确实有抢购囤积的必要吗? 没有道德和规范,也就没有'街区',难道东京人是居住在没有共同体的'寄居所'里吗?"不必说,在伊集院静的构图里,东京与东北的差异,不仅仅是此次受灾程度的轻重问题,还有二者之间不平等的权力关系,他谴责的是占居中枢位置的东京没有负起应有的责任。

　　同样居住在仙台市的作家佐伯一麦从 3 月 24 日开始在《读卖新闻》上陆续发表系列随笔《仙台震灾记》,在第一篇《两天以前　英国客人》里,佐伯首先写道:虽说我也住在仙台,但我所在的高台地区与遭受海啸的太平洋沿岸大为不同。地震发生后电视反复播放的海涛吞没房屋的画面,给人一种全市毁火般的震惊,而实际上,在我们街区,九级地震导致的震晃空前剧烈,但房屋倒塌的却不多,且因不在炊饭之时,火灾也很少,受害是很有限的。 为此,他声明说:自己的体验和海边重灾区人们无法以语言形容的遭遇,是截然不同的。

　　佐伯一麦的这段文字似乎是为了说明一个事实,同时也确立了他的《震灾记》的叙述语调:平静而淡定。他从 3 月 9 日仙台发生的七级地震写起,写到包括他自己在内的人们如何对此不以为意，在 11 日，他和朋友还到温泉去消闲，但就在那里遭遇了大地震。佐伯的记叙始终注意控制情绪，不做夸张渲染，且一直着眼于身边那些看似琐细的人与事，有时甚至插入一两句描写景物的闲笔，而恰恰是这样的描写，表现出了他不同于一般新闻记者的"文学之眼"，让人感受到地震和核泄漏的危害深入到日常生活的程度。《震灾记》第十二篇《燕子飞回》，佐伯写到本街区的人们对震灾后风景与动物生态变化的关心，写到麻雀减少、青叶鸲没有在初夏应时飞来让人产生的担心，视点独特，观察细致，看似信笔写来，其实有着精巧构思。结尾处，他写到有人报告说"塌坏的房屋里有燕子飞回来筑巢"时，特别强调这是"喜悦的声音"，而他由此发出的感慨只有短短的一句，很有节制，却很打动人心："生存于震灾之后的，不是只有人类自身。"

核时代的想象力

　　如所周知，此次东日本大地震的灾害，并不限于大地震颤、海涛袭来的那一时刻。因地震和海啸而引发的核电站泄漏事故，至今尚未得到有效控制，随着放射性物质污染范围的蔓延，笼罩在人们头上的"核阴影"越来越浓重，迫使人们不能不对核电建设的历史进行反思，对日本核电安全的神话提出质疑。地震发生不久，诺贝尔文学奖得主大江健三郎便在接受法国媒体采访时明确指出：经历过核火焰炙烤的日本人不应该仅仅从产业效率的观点认识核能源，不应该将之作为经济增长的手段去追求。他沉痛地说：此次历史错误的重演，"是对广岛牺牲者的记忆的最恶劣背叛"。

　　关注核灾难，是大江文学的一个持续性主题。早在 1963年，他便奔赴广岛实地调查，了解遭遇原子弹爆炸的人的处境和状态，写出著名的《广岛札记》。随后，他又在面向市民的讲演中，反复讲述核武器给人类带来的悲惨和疯狂，讨论身处核时代的人应该怎样尊严地生存。他把自己的讲演集命名为《核时代的想象力》,以"核时代"这个不无刺激的词语概括二战以后人类社会的新特征,自然是有意为之的。大江注意到,当时日本一些积极推进核能开发的政治家、实业家,为了说服在他们看来患了"核过敏症"的日本国民,极力强调核能开发和核武装的区别,甚至危言耸听地说:如果过分担心日本实现核武装而放弃核能开放,日本就将成为核时代的落后国。作为对语言修辞有着特殊敏感的作家,大江为了揭穿这些说辞的遮眼法,首先引用《资本论》研究者内田义彦对美国芝加哥大学为首座受控核反应堆试验成功而竖立的纪念碑的碑文所做的考察,指出在碑文所写的"核能受控制的解放之路从此打开"这句话中,所谓"受控制的解放"(controlled release)的"解放"(release)其实还有另外一层意思,即"投掷炸弹"。大江由此引申说:由于核能的"解放",人类确实获得了新的能源,但一个可能使人类被大量屠杀的状况也同时被制造了出来。大江认为,在讲述核能的优越性时,必须同时强调核武器的危险,洞察"核时代矛盾着的两个侧面",然后才可以讨论核能开发的问题。他还指出,推进核能开发的人,必须是对核武器的杀戮性有充分认识并持否定立场的人,这是对"核时代的权力机构"的恐怖性有所了解的人们应有的要求。

实事求是地说,大江的呐喊和警告,在很长一段时间里并没有得到热烈回应。相反,他所批判的核能开发推进者们的战略却不断获得成功,成为"核时代权力机构"的主导。直到当此次核泄漏事故发生,人们突然发现,整个日本从南到北已经布满了核电站。已经年过七旬的大江健三郎亲眼目睹他当年的预言成为现实，内心肯定是非常沉痛的，在回答法国媒体采访之后，他又在美国《纽约客》杂志发表题为《历史的反复》的文章，继续严厉地追问：日本究竟从广岛的悲剧学到了什么？大江结合自身的经历分析战后日本的历史，指出："正是日本作为美国核保护伞下的和平国家这一矛盾，产生了现代日本的暧昧立场。"他认为，日本的再军备和日美的核密约，使美军把核武搬运到日本列岛成为可能，使日本的战后和平宪法和非核三原则失去了意义，但大江呼吁说："战后日本的人道理想不会被完全忘记，死者在注视着我们，促使我们尊重这一理念。""我希望以福岛的核泄漏事故为契机，重新恢复日本人与广岛、长崎的牺牲者的连带，认识核能的危险性，终结核拥有国提倡的所谓核威慑力的有效性的幻想。"

以长篇小说《1Q84》再次引起广泛关注的村上春树地震时不在日本国内，很多"村上迷"关心他的安否，而村上显然也在认真注视着震灾及其产生的影响。6月9日，在西班牙接受2011年度加泰罗尼亚国际奖时，村上发表了题为《作为非现实的梦想家》的演讲。在开头的几句礼节性致词之后，他很快便把话题转到东日本大地震，转到福岛的核电站事故。他沉痛地说："这是日本人历史上第二次体验核灾害，但这次不是别人投下的炸弹，而是我们日本人自己准备的膳食，用自己的手铸成的错误，用自己的手损坏了我们自己的国土，破坏了我们自己的生活。"村上追问："在战后很长时间里我们所抱持的对核的拒绝感究竟是在哪里消失了？我们一贯追求的和平富裕的社会，被什么损害和歪曲了?"他同时也给出了答案："理由很简单，就是'效率'。"

村上描述了大企业、政府和媒体如何以"效率"优先的言说，密切配合，推进核能开发："电力公司主张：原子炉是高效率的发电设施。日本政府在石油危机以后对原油供应的安全性产生怀疑，更把核发电作为国策向前推进。电力公司撒出庞大的资金做宣传费，收买媒体，向国民灌输核发电永远是安全的幻想，等到人们有所察觉时，日本的发电量已经有百分之三十靠核发电提供了。在国民并不知情的情况下，地震多发的狭长岛国日本已经成为拥有核发电数量位居世界第三的国家。"

村上在讲演中追溯了日本的历史，认为日本地理环境的特性决定了日本人必须与自然灾害共生的宿命，这养育了日本人的"无常"观和体味、欣赏转瞬即逝的美（如樱花、枫叶、流萤）的意识。村上认为，日本人建立在无常观上的美意识看似消极，其实体现了一种积极精神，是在不得不接受自然灾害、不得不接受时时摇晃是地球的属性这一现实的基础上，积极与自然共生的精神。村上相信，具有如此文化历史传统的日本人能够在此次大地震后奋起复兴，但他认为，房屋、道路的恢复和重建是容易的，更重要的任务是伦理和规范的重建。而反省日本的近代化道路，是精神重建的前提。村上说："在战后的废墟上，日本人本来应该反省近代以来走过的道路，近代日本为了对抗西方列强，以军事大国为追求目标，其失败的结果已经在二战战败时呈露了出来。但随后又以'经济大国'为追求目标,这次地震则将其最终的失败表现了出来。"

村上在开始小说写作时是颇具探索精神的,这在他的第一部长篇《听风之歌》表现得很明显,但自《挪威的森林》以后流行的元素渐多,当然也越发受到大众传媒的欢迎,成为畅销不衰的作家。比起村上的小说,倒是他近些年发表的一些演讲更为鲜明地针砭日本社会,思考人类困境,显示出了思想的先锋性。村上在这次加泰罗尼亚国际奖获奖演说里表达的思考,将会以怎样的形式浸入他的小说写作,无疑值得人们期待。

远而近：文明史的质疑

值得注意的是，面对这次突然事件，村上春树在演讲中提到了日本文化传统中的"无常观"，大江健三郎则在《历史的反复》里提到了日本古代著名随笔《枕草子》；同时，大江还介绍说，"2008 年去世的现代日本伟大的思想家加藤周一"生前曾多次讨论到核武器和核能发电问题，那时，加藤曾借用日本古代著名女作家清少纳言一千多年前写在《枕草子》里的一段文字说：那是"似远而近的东西"。大江解释说，"核灾害看似离我们很远，似乎只是一种非现实的假说，但那发生的可能性随时都在身边。因此，日本人不应该把核能换算成工业的生产性去思考"。总之，大江和村上，都没有就地震论地震，而是把震灾和核泄漏放在人类文明历史上考察，并把反省和质疑日本的现代化道路作为思考的重点。

这是 3·11 以后日本许多文学家的共有取向，而当人们重新反省日本现代性的时候，一些战后作家的名字和工作便被重新提起。比如，非虚构文学作家河合香织重新阅读了堀田善卫的《方丈记私记》，透过战后作家堀田的眼睛，重读日本古代以记录自然灾害著称的《方丈记》，发现其中"'无常感'的实体或曰前提其实是对异常的政治的关心"，在古典中读出了新义。而6月4日在东京举行的野间宏纪念研讨会的主办者把会议主题确定为"大震灾·核电与野间宏"，则表明了当下重读这位曾经断言"能源危机是现代文明的危机之一"的战后派代表作家的新意义。

在东日本大地震发生之后，上述优秀的古代名著和现代作家被重新记起和重新解读，这充分表明，真正的文学经典并不是矗立在远方的冰冷雕像，时刻都在当下的生活里鲜活地跃动，"似远而近"，肯定会为3·11后日本文学的再出发提供丰厚的营养和资源。

后　记

2017 年 6 月的一天，接到陈众议先生的电话，说计划编一套外国文学研究小丛书，希望我把自己所写有关日本文学的文章选编一本放进来。众议是我非常敬重的朋友，他的学识和人品，一直是我内心的楷模。他担任中国社科院外国文学研究所所长之职，又要分心全国外国文学学会和学科的建设，加上自己的研究和写作，工作繁忙可以想知，所以我平时从不敢打扰他，甚至连必要的问候也常常省略。虽然同处一城，其实很少见面，但我确实常常想起他，想到他纯真、善良、谦和的笑容，他坚忍负重的品格。他也总想着我，多次喊我参加他组织的学术活动，每次于我都很受教益，都感觉愉快，且安宁而踏实。

众议兄的电话后，便有《外国文学评论》编辑部张锦女士的邮件来，介绍丛书的构想和体例，传来正式的约稿信，后来又补充说明丛书将放在丁帆先生主编的"大家读大家"文丛系列之中，更让我感到分外温暖。20 世纪 80 年代初我和丁帆兄分别从高校借调到北京的《茅盾全集》编辑注释组，组内三个年轻人，另外一位是刚刚大学毕业分到人民文学出版社后来断然回故乡湖南工作的刘苗松，其实当年我们从无烟酒之聚，却感觉特别投缘，虽然不到一年便各奔东西，几乎相忘于江湖，但那段朝夕与共的日子，却成为我们一直不能忘怀的青春纪念。尤其是丁帆兄，后来也一直像兄长一样地关怀我们，现在能经由众议兄参与他主持的丛书，我怎能不珍惜这份缘分？

不过看到丛书的名称我确实很有些踌躇，因为自己既非"大家"也不敢充当"外国文学研究名家"，所以当时就想到应该在合适的地方向读者如实交代：这本小书，只是一个日本文学爱好者或半路出家的日本文学研究者的读书心得和札记。

这样说绝非故作谦辞。大学本科我读的是中文系，后来留校任教，专业所属则在中国现代文学。虽然学过一点日语，但那只能应对职称考试。周围师友确有以日本研究为业者，当时即觉得与自己相隔遥远。1985 年我到丁玲、牛汉主持的《中国》文学杂志做编辑工作，所谓现代和当代的专业界限因此变得更为浅淡，而当时正在生动进行着的中国文学实践更以特有的活力吸引着我，如果不是因为后来的变故，我也许会由此而专注于当下文学的批评。但 1986 年年底《中国》停刊，承蒙白烨兄盛情关照，我转到中国社会科学出版社，从此进入一个新的工作环境。

现在仍然怀念那时候的社科出版社。据说创社时期的负责人曾主张，学术出版社要有学术品格，编辑同时也应该是学者。我到社时这位负责人已经调任院领导，但其树立的风气犹存,出版社不仅要求编辑具有相应的学术能力,也给提供相应的条件,每周上班两天,其他时间或在家处理稿件,或做自己的研究,均可自由安排,使编辑部和社科院各研究所一样充溢着学术氛围。

当然,比起研究所细致的学科划分,编辑部的工作范围相对驳杂,我所在的文学编辑室当时八人,出版范围包括古今中外,每人负责的书稿自然会跨出原来所学的专业,查检我当时经手编辑的几本书,外国文学明显多于中国现当代文学,我当然也由此获得学习新知的机会。我担任责编的第一本书似乎是《现代主义文学研究》(上、下册),从整理出自多位译者之手字迹各异的文稿,查阅相关书籍斟酌一些概念和词语的用法,到反复核校铅字排印的清样,几乎用了一年时间,其间多次到外文所向袁可嘉先生请益,每次都得到耐心而细致的回复。袁先生负责全书的编选和审定,本是当之无愧的主编,最后在书上只署了"袁可嘉等编选"。这在袁先生本是自然而然之举,却让我感受到了和他的文字同样动人的人格魅力。

当时的编辑室主任杨铁婴先生 20 世纪 40 年代就读于北京大学东文系,未待毕业便奔赴抗日根据地参加革命,后来出现在接收北平的队伍里,20 世纪 50 年代即获评行政十三级,据说是当时高干的最低一级,1957 年被错划为右派,平反后安排到出版社,恢复原来职级,在编辑室里仍属级别最高的一位,因此无缘再升。铁婴先生无论坐立都腰板挺直,保持着革命军姿,脾气秉性也不改本色,对上性格峻急,对下随和亲切,在室内大家都叫他老杨。那时老杨不仅有自己责编的书，还负责全编辑室书稿的二审，同时正奋力翻译日本汉学家研究中国古典文学的著作，精神昂扬，仿佛要把二十多年蹉跎岁月补回来。因为室内年轻编辑只有我学过日文，老杨多次和我谈起编选出版日本思想和文学丛书的构想，我们还起草了一份拟译书目，虽然最终未能实行，但他安排我做叶渭渠先生的专著《川端康成评传》的责任编辑，则是推动我接近日本文学研究的最初契机。后来回想，在社科出版社文学编辑室的那两年，实际是我学术生活转折的一个前奏和起点。

而真正的转折缘自留学日本。1989 年 4 月我到日本的大阪外国语大学，感觉像进了一座修道院。校区设在山头上，唯一一路通往市区的巴士，每班间隔时间都比较长，很多同学为交学费要在市内打工，不免抱怨学校地处僻远，我受惠于来前已经申请到的奖学金，住在山上留学生宿舍正可专心读书。恰逢那时外国语大学正在进行改革，尝试构建以语言为根基的地域文化研究学科，课程设置也相应配合，以文学为专业方向者必须跨学科选修语言、历史、社会等课程，才能达到学分要求。但文学课倒不必每门都选，曾有学长好意提醒：尽量别选尾上先生的日本文学史课，太难，本科读日语专业的留学生也未必能修得下来。这告诫颇让我惴惴不安。限于自己原有的专业基础，进入外大研究生院后我选定的方向是中日现代文学比较研究，仿照前例，重点可放在现代中国作家和日本的关系，即使不选尾上先生的课也不妨碍修满学分，但既然已来日本留学却放过日本文学课,无论如何都心有不甘,所以最后我没有知难而退。

　　尾上先生的课堂确实是另外一番风景。他讲授两门专题课,一门是日本中世至近世文学,一门是现代评论家小林秀雄的思想,同时面向研究生和本科生开设。这两门课我都没有相应的预备知识,自然听得云里雾里,始知学长所言不虚。尾上先生上课让人感觉派头很大,每次都在铃声响过至少十分钟之后才进教室,走上讲台便一气不停,直讲到下课铃响,起身便走。讲课时他很少看学生,仿佛全身心都陷在所讲对象的世界里,尤其是讲到世阿弥《风姿花传》和松尾芭蕉《奥州小径》时,那陶醉的神情,让对内容不得甚解的我也深受感染。在第三次课结束时,尾上先生没有照例离开,而是走到我的面前,要我跟他到研究室。原来他注意到我在课堂上用小录音机录音,一脸严肃地告诉我:以后不许再录,这影响讲课。我解释:课上听不懂,想在课后复习。他说:外国人要理解日本文学也难。我说:即使如此,我还是想学习。话说到这里,他沉默了,随即语气缓和了下来,说:录音就不要了。每次课后你可以到研究室来,有不懂的尽可以问。后来,尾上先生不仅如约为我解答疑难,还带我游览京都的古寺旧迹,说这有助于理解文学作品的历史语境。期末,他给了我一个 A,我知道这是一种鼓励,并不反映我的实际学习成绩,所以在下个学期我又重修了他的课,当然这已经和学分无关。

　　我对日本文学的兴趣就这样由尾上先生的课堂激起,然后便一发而不能止，每月的生活开支尽可能俭省，认为需要的书籍却不断买回，虽然在一些定价不菲的书前我曾屡次徘徊。回国时托运回来几十箱书，多数都和日本文学相关。在竞相从海外携带家用电器的时代，如此带书回国者似乎并不很多，过海关时曾遭遇检验员满脸的困惑不解，开过几箱之后便挥手放行。

到清华大学工作后，我的专业所属在比较文学，讲课所涉内容自然包括日本文学，这使得我感到学有所用，却迟迟不敢写作正面研究日本文学（而非中日文学关系）的文章。这首先是因为自知在此领域起步晚根基尚浅，同时还因为以前研究中国现代文学养成的习惯：不批判性地细读文本，不尽可能详尽地梳理先行研究的谱系，不发掘出新的文献史料，就不应开口下笔。所以便暗自给自己确立了一个目标：研究外国文学，基础部分应该和研究本国文学一样坚持实证，有关意义的分析则应自觉具有跨文化的意识和眼光。当然，后来实际写出的文字是否能够达到目的，并没有自信，但有一个设定作为约束，自觉还是必要的。

我知道，从事比较文学或外国文学研究，常常处于"对着中国人讲外国故事、对着外国人讲中国故事"的境地，这虽然有其必要，但作为一个研究者，如有机会，也应主动地反过来试炼。收在本书的文章，大都经历了首先在研究会或工作坊发表，接受同行的质疑和批评，然后再改写定稿的过程。最初发表或在中国或在日本，自然要因场合而进行语言转换，在此过程中，曾得到很多师友的鼓励、指点和帮助，如果都写出来将是很长一个名单，在此无法全部列出，只能在心里默默感念。最后向负责丛书策划和编辑工作的叶觅致谢，如果没有她的诚恳和耐心，我不知道是否会下决心整理这份书稿。并且，尽管我努力想使文稿符合丛书的整体要求，但因为各篇文章最初发表的时间和场合不同，体例终于难免参差，肯定会增添很多编辑上的麻烦，在此谨向她表示歉意和谢意。

2019 年 8 月 6 日，写于北京清华园